くまなの
Illustrator029
Kadokawa Fantastic Novels

熊熊勇闖異世界 12

▶優奈 'S STATUS_

姓名：優奈
年齡：15 歲
性別：女

▶熊熊連衣帽（不可轉讓）
可以透過連衣帽上的熊熊眼睛看出武器或道具的效果。
▶白熊手套（不可轉讓）
防禦手套，防禦力會根據使用者的等級而提升。
可以召喚出名叫熊急的白熊召喚獸。
▶黑熊手套（不可轉讓）
攻擊手套，威力會根據使用者的等級而提升。
可以召喚出名叫熊緩的黑熊召喚獸。
▶黑白熊服裝（不可轉讓）
外觀是布偶裝。具有雙面翻轉功能。
正面：黑熊服裝
物理與魔法防禦力會根據使用者的等級而提升。
具有耐熱與耐寒功能。
反面：白熊服裝
穿戴時體力與魔力會自動回復。
回復量與回復速度會根據使用者的等級而提升。
具有耐熱與耐寒功能。
▶黑熊鞋子（不可轉讓）
▶白熊鞋子（不可轉讓）
速度會根據使用者的等級而提升。
根據使用者的等級，可以長時間步行而不會感到疲勞。具有耐熱與耐寒功能。
◀熊緩
（小熊化）
▼熊急
▶熊熊內衣（不可轉讓）
不管使用多久都不會髒。
是不會附著汗水和氣味的優秀裝備。
大小會根據裝備者的成長而變化。
▶熊熊召喚獸
使用熊熊手套所召喚的召喚獸。
可以變身成小熊。

技能

▶異世界語言
可以將異世界的語言聽成日語。
說話時傳達給對方的內容也會轉變成異世界語言。

▶異世界文字
可以讀懂異世界的文字。
書寫的內容也會轉變成異世界文字。

▶熊熊異次元箱
白熊的嘴巴是無限大的空間。可以放進（吃掉）任何物品。
不過，裡面無法放進（吃掉）還活著的生物。
物品放在裡面的期間，時間會靜止。
放在異次元箱裡面的物品可以隨時取出。

▶熊熊觀察眼
透過黑白熊服裝的連衣帽上的熊熊眼睛，可以看見武器或道具的效果。不戴上連衣帽就不會發動效果。

▶熊熊探測
藉由熊的野性能力，可以探測到魔物或人類。

▶熊熊召喚獸
可以從熊熊手套召喚出熊。
黑熊手套可以召喚出黑熊。
白熊手套可以召喚出白熊。
召喚獸小熊化：可以讓熊熊召喚獸變成小熊。

▶熊熊地圖ver.2・0
可以將熊熊眼睛看到的地方製作成地圖 。

▶熊熊傳送門
只要設置傳送門，就可以在各扇門之間來回移動。
在設置好的門有三扇以上的情況下，可以透過想像來決定傳送地點。
傳送門必須要戴著熊熊手套才能夠打開。

▶熊熊電話
可以和遠方的人通話。
創造出來以後，能維持形體直到施術者消除為止。不會因為物理衝擊而損壞。
只要想著持有熊熊電話的對象就能接通。
來電鈴聲是熊叫。持有者可藉由灌注魔力切換開關，進行通話。

▶熊熊水上步行
可以在水面上移動。
召喚獸也可以在水面上移動。

▶熊熊心電感應
可以呼叫遠處的召喚獸。

魔法

▶熊熊之光
藉由聚集在熊熊手套上的魔力，可以產生熊熊形狀的光球。

▶熊熊身體強化
將魔力灌注到熊熊裝備，就可以進行身體強化。

▶熊熊火屬性魔法
藉由聚集在熊熊手套上的魔力，可以使用火屬性的魔法。
威力會與魔力、想像呈正比。
如果想像出熊的模樣，威力會變得更強。

▶熊熊水屬性魔法
藉由聚集在熊熊手套上的魔力，可以使用水屬性的魔法。
威力會與魔力、想像呈正比。
如果想像出熊的模樣，威力會變得更強。

▶熊熊風屬性魔法
藉由聚集在熊熊手套上的魔力，可以使用風屬性的魔法。
威力會與魔力、想像呈正比。
如果想像出熊的模樣，威力會變得更強。

▶熊熊地屬性魔法
藉由聚集在熊熊手套上的魔力，可以使用地屬性的魔法。
威力會與魔力、想像呈正比。
如果想像出熊的模樣，威力會變得更強。

▶熊熊電擊魔法
藉由聚集在熊熊手套上的魔力，可以使用電擊魔法。
威力會與魔力、想像呈正比。
如果想像出熊的模樣，威力會變得更強。

▶熊熊治療魔法
可以使用熊熊的善良心地治療傷病。

克里莫尼亞

菲娜

優奈在這個世界第一個遇見的少女，十歲。由於母親被優奈所救而與她結緣，開始負責肢解優奈打倒的魔物。經常被優奈帶著到處跑，認識許多貴族。

諾雅兒・佛許羅賽

暱稱諾雅，十歲。佛許羅賽家的次女。是個熱愛「熊熊」的開朗少女。因為與優奈結緣而和菲娜成為好友。在王都有個比自己大五歲的姊姊希雅。

修莉

菲娜的妹妹，七歲。時常緊跟在母親堤露米娜身邊，幫忙「熊熊的休憩小店」的工作，是個懂事的女孩。最喜歡熊熊。

克里夫・佛許羅賽

諾雅的父親，克里莫尼亞城的領主。是個經常被優奈的誇張行動拖下水的可憐人。個性親民，對待優奈的態度也很直爽。

堤露米娜

菲娜和修莉的母親。被優奈治好了疾病，之後與根茲再婚。受到優奈委任，負責「熊熊的休憩小店」等店面的庶務。

王都

希雅・佛許羅賽

諾雅的姊姊，十五歲。是個綁著雙馬尾的女孩，在王都的學校就讀。優奈護衛諾雅前往王都的時候認識了她。此後，她也在學校的課外教學時受到優奈護衛。

米莎娜・法連格侖

暱稱米莎。前去參加國王誕辰的途中遭到魔物襲擊，被優奈所救。曾邀請優奈等人參加自己的十歲生日派對。

艾蕾羅拉・佛許羅賽

克里莫尼亞領主夫人，三十五歲。平常在國王陛下身邊工作，居住在王都。人面很廣，經常在各方面幫助優奈，但有時候有點強勢。

芙蘿拉公主

艾爾法尼卡王國的公主。稱呼優奈為「熊熊」，非常仰慕她，也很受優奈的喜愛，曾收到繪本和布偶等等作為禮物。

堤莉亞

艾爾法尼卡王國的公主。芙蘿拉公主的姊姊。在王都的學校就讀，是希雅的同學。從芙蘿拉公主口中以「熊熊」之名得知優奈的事蹟，一直很想見見她。

馬力克斯、卡特蕾亞、堤摩爾

希雅在學校的同學們。他們與希雅組隊參加學校的課外教學時遭到魔物襲擊，被擔任護衛的優奈所救，所以很仰慕優奈。

凱媞雅王妃

芙蘿拉公主的母親，艾爾法尼卡王國的王妃。很喜歡熊急與熊緩，程度甚至不輸給芙蘿拉公主。也有從優奈那裡收到布偶。

286 熊熊穿制服

我受到艾蕾羅拉小姐和希雅的邀請，與菲娜、修莉、諾雅一起到希雅在王都就讀的學校參觀校慶。

校慶第一天，我很驚訝芙蘿拉公主有個叫做堤莉亞的姊姊，還去各種攤位玩遊戲，獲得了獎品。

因為贏了太多獎品，我被希雅訓了一頓，但度過了快樂的一天。

然後，到了校慶第二天。

希雅為了棉花糖店的準備工作，今天也一早就出門了。

我們也正要去參觀校慶的時候，史莉莉娜小姐說有客人來拜訪我們。我們來到會客室，見到米莎和葛蘭先生。

「諾雅姊姊大人、優奈姊姊大人、菲娜，好久不見了。」

「孩子們，好久不見了呢。」

「你們兩位怎麼會來這裡？」

「我來王都辦事。昨天剛好有空，所以去了一趟校慶，結果聽說有個打扮成熊的女孩在校內走動的消息。」

「我們覺得那是優奈姊姊大人，所以就來拜訪了。」

「熊＝我」的方程式果然成立。

希雅也說過了，看來我昨天真的很引人注目。

「不過，你們竟然知道我在艾蕾羅拉小姐的家。」

「因為我們聽說那個人身邊有跟我差不多年紀的女生，所以我想諾雅姊姊大人和菲娜應該也在，才會來這裡拜訪。」

米莎的推理能力真好。

「對了，如果妳們今天也要去校慶，能不能帶米莎一起去呢？」

葛蘭先生這麼拜託我們，我們當然沒有理由拒絕，於是答應。

「好啊。」

「謝謝大家！」

米莎露出滿臉笑容。

只不過，唯一不認識米莎的修莉躲到了菲娜身後。菲娜見狀，馬上把米莎介紹給修莉認識。

我看著這溫馨的一幕，葛蘭先生對我說道：

「小姑娘，再讓我道一次謝吧，謝謝妳當時救了米莎。現在回想起來，我還是會不由自主顫抖。我還能看到米莎的笑容，都是多虧有妳。」

葛蘭先生望著和菲娜等人開心聊天的米莎。

「我當時也說過了，不用放在心上啦，我只是想救她而已。這種事不必再三向我道謝。」

一想到米莎要是有了什麼三長兩短，我也會害怕。能救她真是太好了。

「哈哈，說得也是。不過，如果妳有什麼煩惱，隨時都可以來拜託我。話雖如此，我也已經把當家的位子讓給兒子和媳婦了，或許沒辦法幫上什麼忙。」

葛蘭先生笑了。

我已經聽艾蕾羅拉小姐說過，看來經歷那次事件之後，葛蘭先生真的把當家之位讓給他的兒子——李奧納多先生了。

「不過也多虧如此，現在我能自由行動，樂得到處遊山玩水呢。」

是個享受退休生活的老爺爺呢。

「對了，讓我重新介紹一下。小姑娘，這位就是現在照顧我生活起居的露法。」

葛蘭先生轉頭望向站在牆邊的女性。她走到葛蘭先生身邊，向我打招呼。

「我是露法，當時真的很謝謝您。」

女性彎腰，畢恭畢敬地行了一禮。

我見過這位名叫露法的女性。

「……我記得米莎被綁架時，妳也在那棟宅邸裡。」

「是的，我過去曾經侍奉賈袞德大人。」

沒錯，她是那裡的傭人，就是她帶我們去找蟾蜍男綁架的孩子們的。

「她現在在我這裡工作。」

「原來是這樣啊，我該說聲恭喜嗎？」

她侍奉的主人犯下罪行，整個家族遭到廢黜。

「是，多虧優奈大人，我才能重獲自由，也得知了父親的下落。現在能侍奉葛蘭大人，我覺得很幸福。」

「是嗎？那就太好了。」

既然露法覺得幸福，那就好。葛蘭先生一定會善待露法的。

「那麼，我們要走了。米莎就拜託妳照顧了。」

葛蘭先生和露法把米莎交給我，然後離開宅邸。

修莉也正在跟米莎開心地聊天，看來沒什麼問題。

我們重新開始做去學校的準備。大家都換上昨天堤莉亞買的衣服，戴上比較小的飾品，沒有戴上太顯眼的髮飾或項鍊。

簡而言之就是不戴我贏得的獎品。

我們準備好後，知會了史莉莉娜小姐，然後出發。

因為米莎加入，我們的平均年齡更低了。

「米莎，妳會暫時待在王都嗎？」

「爺爺大人說明天就要離開王都了。」

「是嗎？」

「是的，所以爺爺大人今天才會帶我來找優奈姊姊大人。」

看到米莎的笑容，我就安心了。

我曾聽說有些綁架事件的被害者會因為恐懼而不敢出門，所以我有點擔心遭到綁架的米莎會怕得躲在家裡，但從這張笑容看來，應該沒問題。

米莎跟好久不見的菲娜和諾雅開心地聊著，初次見面的修莉也加入她們的行列。

「呵呵，我還是第一次聽到人家叫我米莎姊姊呢。」

被修莉以姊姊稱呼，米莎似乎很高興。

修莉一開始是學菲娜稱她為米莎大人，可是聽到修莉用姊姊稱呼諾雅，米莎就拜託她也這麼稱呼，所以修莉才改口叫她米莎姊姊。

聽到妹妹這麼叫的菲娜臉色發白，我都看到了。畢竟這是米莎主動要求的，我覺得沒必要放在心上。不過，我們也得告訴修莉，並不是所有貴族都像諾雅等人一樣親切。要是出了什麼差錯，後悔也來不及。

然後，我們抵達學校，跟昨天一樣領取要寫上喜歡的攤位的問卷。昨天我用問卷投了三票給提供可愛服飾給菲娜她們的攤位。因為堤莉亞說可以寫同一個號碼，所以我把同一個攤位寫了三次。如果明年也有機會來的話，我打算買衣服給菲娜她們。我抱著這份心意，投票給這個攤位。

順帶一提，學校到處都設有投票箱，隨時都可以投票。

走進校園的我們往希雅等人的攤位前進。擦身而過的學生都看著我，但這已經是家常便飯了。不過，我也聽到了一些不同於往常的評論。

「那就是傳聞中的熊嗎？」「是昨天的熊耶。」「那隻熊是怎樣？」「你不知道嗎？聽說她昨天很厲害。」「不過，這次堤莉亞大人不在呢。」我聽到這些聲音。

是因為昨天的事情傳開了嗎？

不過，談論我的人也只是跟著我，並沒有對我做些什麼。

但我們每前進一段距離，人好像就會變得更多，希望只是我的錯覺。

「優奈小姐，這是什麼情況！」

我們抵達的同時，希雅唸了我。

她望著我們身後的人群。

「優奈小姐，妳不是答應我，今天不會再引人注目了嗎？」

「我什麼都還沒有做啊。」

我只是走在路上而已，是他們擅自跟過來的。

「這裡是什麼店？」「熊？」「跟她有關係嗎？」「這裡好像在賣什麼有趣的東西耶。」

跟著我來的人們被大型熊熊擺飾吸引了目光，開始對棉花糖感興趣。

希雅抓住我的衣服，把我拉到攤位後面。

「優奈小姐，妳只是從校門走過來這裡而已吧？」

我點點頭。我什麼都沒做，只是走過來而已。

希雅稍微思考了一下，然後抓住我的手。

「我要借一下優奈小姐。大家就吃棉花糖，在這裡等我們吧！」

「姊姊大人？」

「我們馬上回來。」

希雅對諾雅等人這麼說，然後抓著我的手快步走掉。

「呃，希雅？希雅小姐？」

「優奈小姐請跟我來。」

我被希雅帶走。

「我們要去哪裡？其他人呢？」

「我們馬上就會回去，別擔心。」

希雅不讓我逃走，緊抓我的熊熊玩偶手套，把我帶進最近的校舍，然後左顧右盼，停在一扇門前。

「這裡應該可以吧？」

希雅打開門，確認裡面。

「沒有其他人在。」

希雅確定沒有人在之後，把我帶進房間內。

「更衣室？」

我走進裡頭，發現這裡好像是更衣室。

希雅從道具袋裡取出某樣東西。

「優奈小姐，請妳換上這個。」

她給我的東西是一套制服。

「呃，這是？」

「這是我們學校的制服。雖然我知道妳很喜歡那套衣服，但妳這身打扮太顯眼了。」

我才沒有喜歡這套衣服呢，只是因為不穿就無法確保安全，所以我才會穿上它。她該不會以為我穿著熊熊服裝是因為喜好吧？

既然能在異世界開外掛，我也希望這些能力不是附加在熊熊布偶裝上，而是我自己身上。那樣一來，我也不必穿熊熊布偶裝了。

「妳這身熊裝扮在校慶太顯眼了，請妳換衣服吧。」

希雅再次把制服塞給我。

「這是我的備用制服，所以可能會有點大，但總比太小好。」

問題不在尺寸，而是我對穿制服這件事感到排斥。

「大家都在等我們，快點換衣服吧。」

希雅不由分說地把制服拿給我，讓我無暇拒絕。

現在是校慶，不會遇到魔物，也不會有盜賊出沒。因為進場時會檢查卡片，所以可疑人士無法進入，問題在於可能會對諾雅出手的貴族，可是昨天也很和平，只要有熊熊手套和熊熊鞋子，應該還應付得來。如果真的遇到危險，我還有召喚熊緩與熊急的最終手段。

最重要的是，現在的希雅不可能允許我拒絕。

「好吧，我會換衣服的。」

我無奈地答應換上制服。

「那麼，妳轉過去吧。」

「我是女生耶。」

我覺得問題不在那裡。

我脫掉熊熊服裝，換上制服。

不過，我還真沒想到自己到了異世界還會穿上制服。在原本的世界，我只有穿過幾次國中制

服，然後就馬上變成家裡蹲了，所以能穿制服的事讓我有一點點高興。

或許就是因為如此，我才會順從希雅的強硬要求吧。

「優奈小姐，妳穿錯了。這裡要這樣，然後這裡要這樣。」

希雅教我怎麼穿制服。原來制服是這樣穿的啊。

最後繫上領帶就完成了。

我看著自己穿上制服的樣子。這套制服對我來說稍大，腰部有點鬆，而且胸部……有點緊。真的啦，我沒有騙人。

總之好像還可以。

「優奈小姐，其實妳長得很可愛呢。可是，妳明明這麼可愛，為什麼要打扮成那個樣子？」

一般來說，女孩子誇女孩子可愛好像不太可信，所以我把希雅的讚美當成客套話。

「優奈小姐明明長得這麼可愛，太可惜了。」

「不用客套了啦，明明就是希雅比較可愛。」

話說回來，穿裙子讓我很不自在，我從剛才開始就覺得雙腳涼颼颼的。不管怎麼樣，我還是穿上了熊熊鞋子，戴上熊熊玩偶手套。

「妳還是要穿那些東西啊。」

「因為這是道具袋啊。」

要是沒有熊熊玩偶手套，我就不能用熊熊箱，也不能用魔法了。而且，我也需要手套才能召

喚熊緩和熊急。

「算了，遠看就不會注意到手腳了，應該沒關係。」

把熊熊布偶裝收進熊熊箱並換上制服後，我跟著希雅回到大家身邊。

我每走一步，裙子就會跟著搖擺。會不會太短了？

可是跟希雅相比，看起來並沒有很短。好像只是因為我不習慣穿裙子，所以才會覺得短。我在原本的世界也很少穿裙子，來到這個世界後又一直都穿布偶裝，所以穿裙子讓我很不自在。

我按著裙子回來時，現場已經有很多客人在排隊了。

「希雅，妳太慢了吧。」

「抱歉。」

「讓大家久等了。」

希雅走向馬力克斯，我則走向菲娜等人。

「…………？」諾雅歪起頭。

「…………？」米莎陷入沉思。

「…………！」菲娜一臉驚訝。

「…………怎麼有熊熊的手？」修莉察覺異狀。

「妳們怎麼了？」

大家都看著我沉思。

「呃，優奈姊姊，妳怎麼穿成這樣？」

菲娜這麼發問。

「因為熊熊服裝太顯眼了，所以希雅逼我換上這套衣服。不好看嗎？」

我讓大家稍微看了一下我的制服打扮。果然不適合我嗎？

大家都露出不可思議的眼神。

「不，我覺得很好看。」

「謝謝誇獎。」

菲娜讚美我，於是我摸摸她的頭。就算是客套話，我也很高興。

「妳該不會是優奈小姐吧！」

「……優奈姊姊大人？」

諾雅和米莎露出驚訝的表情。

「呃，是啊。別說妳們認不出來喔。」

諾雅曾跟我一起洗過幾次澡，米莎也在生日派對看過我穿禮服的樣子。

「我、我怎麼會認不出來呢……」

諾雅的眼神左右游移。

我望向米莎。

「對不起。」

米莎向我道歉。

看來諾雅和米莎並沒有認出我。

「我看到熊熊的手就知道了喔。」

修莉是看到熊熊玩偶手套才發現的。

我受到了一點打擊。竟然只有菲娜能馬上認出我脫掉布偶裝的樣子，我終於知道大家平常都是用什麼來辨認我的了。

287 熊熊享受校慶第二天

「優奈小姐，對不起，因為妳沒有打扮成熊熊，我一時認不出來。」

諾雅，這樣根本一點也安慰不到我。每次聽到熊的打扮，我的心就會受到傷害。我能相信的人只剩下菲娜了。我從後面擁抱菲娜。

「可是，雖然平常的熊熊裝扮很可愛，妳穿制服也很好看呢。」

「優奈姊姊好可愛。」

「是的，穿起來很適合。」

大家一定是為了安慰我才說這些違心之論。

雖然對希雅很抱歉，我還是換回熊熊服裝好了。

我這輩子都離不開熊熊服裝了……

「優奈姊姊，真的很好看喔。」

菲娜溫柔地讚美鬧彆扭的我。

至今一直打扮成熊的我也要負一部分的責任。戴著連衣帽的話，只有正面才看得到臉，要是走在旁邊，那就看不到我的臉了。既然諾雅等人比較少有機會看到我的臉，那也沒辦法。

而且連諾雅等人都沒發現，那就表示不認識我的人看到現在的我也不會想到我就是昨天那隻熊。

換句話說，這證明了我只要變裝（穿普通的衣服）就能隱藏身分──我這麼往好處想。

而且，我不能一直讓菲娜她們擔心。我決定轉換心情。

這一切都要怪神把外掛能力附加在熊熊布偶裝上，我會有這種遭遇也全都是神的錯。

我決定全部怪罪到神頭上。

「話說回來，生意好像很不錯呢。」

為了轉換話題，我轉頭望向攤位。明明才剛開始營業，就已經有不少客人在排隊了。

「跟著優奈姊姊一起來的那些人都有買喔。看到他們買……客人就愈來愈多了。」

「對了，跟在我後頭的那些人呢？」

那些人好像已經不見了。

「他們發現優奈小姐被姊姊大人帶走之後，就買了棉花糖，然後去了別的地方。」

經過希雅的一番打理，我好像逃離跟蹤狂（？）的掌控了。要是換回熊熊布偶裝，搞不好又會有人一直跟在我後面，所以換上制服或許是正確的決定。我肩負保護諾雅等人的責任，可不能變成引起麻煩的原因。

「對了，今天堤莉亞不在嗎？」

她應該說過今天要來這家店幫忙，我本來打算為昨天的事再向她道謝的。

「她早上好像有事，結束之後就會馬上來幫忙。而且我們也有拜託其他朋友來幫忙，今天應該不會像昨天一樣。」

「多虧優奈小姐，現在能做棉花糖的機器也有兩臺了。」

現在是由馬力克斯和提摩爾做棉花糖，希雅則負責其他內場工作。卡特蕾亞等一下好像要跟朋友去逛校慶。

「其實我也想跟優奈小姐一起去逛，但已經跟別人約好了。」

「沒關係，不用放在心上。昨天堤莉亞帶我們去逛了很多地方，沒問題的。那麼，我們也差不多該走了。希雅，謝謝妳借我制服。」

「我總覺得妳穿成這個樣子還是有可能惹麻煩，是我太愛瞎操心了嗎？」

希雅看著身穿制服的我，這麼低聲說道。

她在說什麼啊？

既然我沒穿熊熊布偶裝，那就不會有麻煩找上門。從他人看來，我就只是個普通學生，除非有老師心想「我沒見過這個學生」攔下我，否則應該沒問題。不過，到時候我會報上希雅的名號，畢竟叫我換上制服的人是希雅嘛。

我跟要做棉花糖的希雅等人道別，帶著菲娜她們一起去逛校慶。

「米莎有什麼想逛的地方或想吃的東西嗎？」

我這麼詢問津津有味地吃著棉花糖的米莎。只有米莎正在吃棉花糖，其他三個人沒有吃，她

們好像拒絕了。也對，畢竟昨天吃過，以前也試吃過。

「只要是跟大家一起，去哪裡都很好。」

「既然這樣，我想再挑戰一次投擲小刀！這次我要雪恥。」

米莎說自己沒有特別想去的地方，諾雅就舉起手，提出自己想去的地方。

「其他人呢？」

我也問了菲娜和修莉。

「我去哪裡都可以。」

「我也想再玩一次投擲小刀。」

我也覺得去哪裡都可以，既然修莉也贊成，我們便決定去投擲小刀的攤位。

「因為希雅叫我不要做引人注目的事，所以就算妳們拿不到獎品，我也不能幫妳們玩喔。」

要是引人注目，我變裝（？）就沒有意義了。況且我是穿制服，萬一有人問我是哪個班級，我也答不出來。所以，這次我只會在旁邊聲援諾雅她們。

我先跟她們表明自己不玩的事，然後來到昨天來過的投擲小刀攤位。

或許是因為獎品是髮飾，客人和昨天一樣是情侶或女性居多。

「諾雅姊姊大人的髮飾是在這裡拿到的嗎？」

「是呀，可是這個比較小，我今天一定要贏到更大的髮飾。」

諾雅讓米莎看自己戴在頭上的髮飾。米莎看看菲娜的頭髮，再看看修莉的頭髮。

「修莉沒有戴嗎？」

「昨天優奈姊姊幫我贏了一個，可是因為很顯眼，今天不能戴。」

「這樣呀。」

「所以，我今天要自己射中目標。」

修莉充滿自信地說道。

修莉和諾雅都很有幹勁。我就祈禱她們能命中目標吧。

三個女孩去排隊玩投擲小刀了。三個女孩？

「菲娜，妳不去嗎？」

我這麼問身旁的菲娜。

「嗯，因為我已經有髮飾了，所以要跟優奈姊姊一起等。」

「妳也可以以更好的獎品為目標啊。」

「對我來說，這個髮飾就很好了。」

菲娜帶著微笑輕觸髮飾。

「既然這樣，我們就幫大家加油吧。」

「好！」

為了替三人加油，我們靠近攤位，卻沒有任何人看著我說「有熊」。我剛才跟昨天顧攤位的女學生對上了眼，她卻沒發現我就是昨天的熊。我穿著不同的衣服，身為公主殿下的堤莉亞也不

在，根本沒有引人注目的要素。

話說回來，不會被別人盯著看的感覺真輕鬆。

「優奈姊姊，妳看那邊。」

我正覺得有點高興的時候，菲娜伸手指向排列獎品的地方。

我順著菲娜的手指望去，看到那裡放著和我昨天贏得的相同的髮飾。

原來同樣的獎品還有啊。

「優奈姊姊，獎品下面寫的字是……」

「字？」

我望向獎品下面的文字。

「……熊級通關獎品。」

上面是這麼寫的。熊級是什麼東西？昨天應該還沒有這些字才對。

「那應該是指優奈姊姊吧。」

我很想說不是。可是想起昨天的事，我就無法否定。

我正在思考時，諾雅前方的男性決定挑戰熊級。一名漂亮的女性在一旁聲援他，是女朋友嗎？

看來這位先生是要為女朋友挑戰熊級，展現自己的男子氣概。沒問題吧？

這時候，一名顧攤的學生走到最深處丟出標靶，讓標靶沿著拋物線飛行。男性對標靶投擲小刀，卻沒有射中。

這是要射中會動的標靶嗎？

可是這樣應該相當困難吧？光是要射中遠處的標靶就很難了，要射中會動的標靶就需要更好的技術。

果不其然，男性投擲的每一把小刀都沒有命中。

替他加油的女性露出遺憾的表情，不過這也沒辦法。這是很艱難的挑戰，就算是冒險者，要用小刀射中會飛的魔物也很困難。

輪到諾雅時，她看向熊級的獎品。不，不可能的，挑戰也只是白費力氣。諾雅瞄了我一眼，所以我對她搖搖頭。我用眼神對她說「不可能的」。

可是諾雅或許沒看懂我的意思，對櫃檯人員說「我要挑戰熊級」。

那孩子真是……

當然了，她沒有射中目標。

然後，修莉和米莎保守地瞄準最近的標靶，贏得小小的髮飾。

諾雅一臉不甘心，修莉和米莎則高興地走了回來。

「那樣根本不可能射中嘛。」

不不不，看也知道不可能吧，光是挑戰就很傻了。

跟諾雅不同，順利贏得獎品的修莉和米莎似乎很開心。

「優奈姊姊，幫我戴嘛。」

修莉向我遞出自己贏得的髮飾。我接過髮飾，幫她戴在跟菲娜相同的位置。

「好可愛。」

我這麼讚美，修莉便露出開心的表情。

米莎則拜託諾雅幫她戴。這樣一來，大家都戴上小小的髮飾了。

「如果優奈姊姊也戴髮飾，我們就都一樣了。」

「優奈姊姊，要不要戴妳送我的大髮飾？」

我婉拒了修莉的提議。要是那麼做，脫掉熊熊布偶裝就沒有意義了。

288 熊熊與堤莉亞會合

今天和昨天不同，我沒有引人注目，也沒有人用好奇的眼光看著我，所以我得以輕鬆地逛校慶。只不過，昨天去過的地方出現了熊級的獎品，還能不時聽到關於我的傳聞。幸好這次我沒有打扮成熊的樣子。

逛了一陣子，就到了午餐時間，我打算去看看希雅等人的狀況，順便帶一些點心給他們。點心是莫琳小姐平常烤的麵包。我也有考慮去買攤位賣的東西，可是他們說有包含堤莉亞在內的其他朋友來幫忙，所以我不知道該準備多少點心。不過，如果是放在熊熊箱裡的麵包，要我拿出多少都可以。

來到希雅的攤位附近就可以看到邊走邊享用棉花糖的人們。看到有人在吃棉花糖，我感到高興。希雅他們很努力，所以我也希望棉花糖能大賣。

我看到攤位了，有不認識的學生正在努力向客人叫賣。他們就是希雅說要來幫忙的朋友嗎？

「希雅，生意好像很不錯呢。」

我對正要拿棉花糖給小孩子的希雅打招呼。

「優奈小姐！因為朋友也來幫忙了，我們輕鬆不少。」

「不過，我們得請他們吃飯來答謝他們。」

馬力克斯說起交換條件的內容。看來希雅等人要請朋友吃飯，答謝他們的辛勞。這種交換條件很有學生的風格。

我望向來幫忙的學生們，卻沒有見到堤莉亞的蹤影。聽說她辦完早上的事就會來幫忙，既然她不在，就表示她的事情還沒有忙完嗎？

「希雅，堤莉亞不在嗎？」

我本來想為昨天的事向她道謝的。

「堤莉亞大人在後面喔。」

「攤位後面嗎？」

我往攤位後面一看，便見到有點沮喪的堤莉亞。是沒有到蹲在地上畫圈圈的那種地步，但她的背影散發著哀傷的氣息。

「堤莉亞她怎麼了？」

「呃，我們拒絕她的幫忙後，她就變成那個樣子了。」

「拒絕？為什麼？」

據希雅所說，堤莉亞開始叫賣後，知道堤莉亞的學生便聚集過來。堤莉亞微笑著說「很好吃喔」，大家就一窩蜂地搶購棉花糖。

這群人吸引了更多人潮，堤莉亞就繼續向新來的人打廣告。據說這種滾雪球效應使得現場一度陷入混亂，大家都忙得不可開交。

就算兩個人一起做也趕不上客人上門的速度，察覺危機的希雅等人就趕緊把堤莉亞藏到攤位後面了。於是，情況終於緩和下來，直到現在。

這毫無疑問是名人效應。

也對，正常來說，公主殿下的叫賣當然會吸引學生過來。聽到堤莉亞這個公主殿下的推薦，一般人通常無法抗拒，而且還附加美女公主的微笑。聽到她用笑容推銷，男生應該都會馬上淪陷吧。

看來公主效應比我做的熊熊擺飾還要厲害。

我走向堤莉亞，對哀傷的背影說道：

「堤莉亞，妳還好嗎？」

「優奈？妳聽我說……」

對我的聲音有反應的堤莉亞轉過頭來，卻又開始四處張望。

她在做什麼？

「奇怪，優奈呢？」

我就在妳面前啊。

「我明明有聽到優奈的聲音呀。」

就說了，我在妳的面前。

堤莉亞看著我，然後望向一旁的菲娜等人。

「優奈呢？」

「優奈姊姊就在這裡。」

菲娜等人緩緩轉頭看著我。堤莉亞的視線停在我身上。然後，她微微歪起頭。

「……優奈？」

「是，我就是優奈。」

我重新自我介紹。

堤莉亞用難以置信的眼神看著我。

怎麼，妳對我脫掉熊熊服裝的模樣有什麼不滿嗎？

「手和腳上的熊確實都是優奈的東西……」

她似乎是看到我的手套和鞋子才認出我。大家都是用這種方法來辨認我的呢。

「妳怎麼會穿成這個樣子？」

「因為熊的打扮太顯眼，希雅叫我換的。」

我簡單說明自己換上制服的理由。

「那種熊的裝扮的確是很引人注目。話說回來，原來優奈是這麼可愛的女生呀。」

這個感想讓我不知道該怎麼回應。

穿著熊熊布偶裝的樣子被說可愛，我還比較能理解。

「那套熊衣服裡面竟然是這麼可愛的女生，很令人意外吧。」

「連希雅都這麼說。」

堤莉亞見到希雅，似乎想起了什麼。

「優奈，妳聽我說。希雅不讓我去幫忙啦，虧我還那麼努力招呼客人。」

「那是因為堤莉亞大人站在攤位前叫賣就會吸引一大堆人，讓我們來不及應付的關係。這不是堤莉亞大人的錯，是我們的能力不足。」

每家店都一樣。店面的大小、店員人數、做料理的速度等容納客人的能力有限。

「因為幫忙攤位的工作是認識優奈的交換條件，我才那麼拚命的。」

這麼一說我才想起，她確實有提過這件事。

光為了見我就犧牲逛校慶的時間，聽起來是很不划算的交易，堤莉亞應該要更了解自己的身價才對。

「堤莉亞大人已經幫上很多忙了。」

希雅這麼說，可是堤莉亞好像還想幫忙。

堤莉亞是公主殿下，公主殿下來幫忙本來就是很犯規的事。以原本的世界而言，感覺就像要知名藝人來叫賣。

希雅堅稱堤莉亞沒有錯，堤莉亞卻好像不太能接受。

也許堤莉亞很期待來攤位幫忙吧。

因為我沒有參加過校慶，所以幫助希雅等人也能讓我體驗到參加的感覺。我會借棉花糖機給他們，還製作熊熊擺飾，或許就是因為這個理由。

而且知道攤位的生意因為自己而變好，我就更開心了。因此，我隱約能夠理解堤莉亞的心情。所以，我安慰堤莉亞，平復她的委屈。

「我知道了，沒關係，我不會再任性了。」

堤莉亞打起精神時，有人的肚子叫了。這個聲音讓我想起自己來到這裡的目的。

「希雅，你們吃過午餐了嗎？」

「還沒，我們正打算輪流去吃午餐。」

幸好他們還沒吃飯。

「我帶了一些麵包來給你們，要吃嗎？」

「該不會是實習訓練時吃過的麵包吧？」

「是啊。」

「我要吃！」

「我也要。」

正在做棉花糖的馬力克斯和提摩爾這麼回應。看來他們三個人好像想起我護衛他們時請他們吃過的麵包了。畢竟莫琳小姐的麵包很好吃嘛。

「那我放在這裡，大家自己拿去吃吧。」

我也準備了來幫忙的學生的份。

「那麼優奈小姐，妳們接下來要做什麼？」

「我們要繼續逛。」

我們還有很多沒逛過的地方。

因為上午都在陪諾雅和修莉挑戰昨天的攤位，所以我們只逛了跟昨天一樣的地方。不過，我們下午打算去沒去過的攤位。如果一直去同樣的攤位，那就太可惜了。

「那麼，提莉亞大人要不要也一起去呢？」

「希雅？」

聽到希雅突然提議，提莉亞很驚訝。

「如果不能叫賣，我會幫忙其他工作的。」

希雅搖搖頭。

「多虧提莉亞大人的宣傳，有很多客人來光顧，這些客人也會幫忙把口碑傳出去，已經足夠了。」

的確，來買棉花糖的客人絡繹不絕。

「而且，我們要是繼續請堤莉亞大人幫忙，其他攤位就要來抱怨了。」

因為請公主殿下幫忙本來就是犯規的嘛。

「所以，堤莉亞大人請跟優奈小姐她們一起去玩吧。」

馬力克斯和堤摩爾也贊成希雅這番話。然後，來攤位幫忙的其他學生也對堤莉亞這麼說。

「接下來的事情就交給我們，堤莉亞大人請去玩吧。」

「各位……謝謝你們。」

堤莉亞坦率接受大家的心意，決定跟我們一起走。

堤莉亞這個新夥伴加入後，我們便出發。

「呵呵，如果我是男生的話，那就是萬人迷了呢。」

剛才還很沮喪的堤莉亞在修莉與米莎的包圍之下開心地走著。我、諾雅和菲娜走在她們後面。

「她們都是小孩子耶。」

她們是七歲到十歲的小孩子，只有我是十五歲。

「就算年紀小，也一樣是可愛的淑女呀。」

這個嘛，我不否認。

我們向堤莉亞介紹米莎，她好像知道葛蘭先生，但不知道身為孫女的米莎。

「妳們都穿著我買的衣服呢，真令人開心。」

諾雅、菲娜、修莉都穿著昨天堤莉亞買的衣服。

對方穿戴或是使用自己送的東西是一件令人開心的事。

「我要不要也買一件給米莎娜呢？」

「不，那個，我……」

「別客氣。」

堤莉亞抓起一臉害羞的米莎的手，跑進昨天那間賣衣服的店。大家一起幫米莎挑選衣服，由堤莉亞結帳。堤莉亞也跟昨天一樣想替我買衣服，卻被我婉拒了。

後來，我們暫時走出校舍。

走在前方的米莎高興地轉圈。說來說去，她好像還是很高興收到堤莉亞這個公主殿下送的衣服。

「我的新娘又多了一個人呢。」

「我就說了，人家是女孩子耶。」

我們聽著堤莉亞的玩笑話，走到一處人潮聚集的地方。

「那裡有什麼呢？」

堤莉亞望向人群。

「我去看看。」

諾雅跑了出去，米莎也追上她。修莉也想跟過去，菲娜卻拉住她，不讓她跑。

「姊姊？」

「不行。」

「嗚嗚嗚……」

我們慢慢走向人群。

學生拿著劍，不知道在做什麼。

「是劍舞。」

大約六名學生拿著劍跳舞。

他們舉劍，流暢地朝左右兩旁揮舞。彼此的劍幾乎就快碰到，卻沒有相撞，不斷在空中舞動。

「好厲害……」

「真漂亮……」

諾雅等人因學生的動作而驚嘆。我在電視上看過類似的表演，卻是第一次觀看現場演出。強而有力的劍左右舞動，所有人做出相同動作的景象十分壯觀。

每個人都做出一模一樣的動作，劍和身體也朝同樣的方向移動。然後，所有人往上舉劍。這可能是個信號，他們開始做出激烈的動作，以先前無法比擬的速度舞動。可是，每個人的劍都沒有相撞。最後，學生旋轉劍身，漂亮地收進劍鞘，結束這場表演。周圍響起熱烈的掌聲，菲娜等人也跟著拍手。

我也用熊熊玩偶手套拍出噗噗噗的聲音。

據堤莉亞所說，學生好像會在節慶等場合表演劍舞。而且，獲選的人都是優秀的學生。

「公主殿下也會嗎？」

「我嗎？我不太擅長配合別人呢。一個人的劍舞還可以，多數人的劍舞就不行了。」

堤莉亞回答修莉的問題。

的確，這種表演要互相信賴才辦得到，而且需要相當大量的練習。我肯定也辦不到，我跟堤莉亞一樣不擅長配合別人，應該不行吧。

289 熊熊聽演奏

「劍舞好厲害喔。」

「嗯，最後劍轉啊轉，喀鏘一聲收起來的樣子好帥。」

修莉轉動手臂，做出收劍的姿勢。

持劍跳舞——我就是想看這種有異世界風格的表演。

「優奈辦得到嗎？」

堤莉亞把修莉提出的問題拋給我。

「那是練習的成果啦。如果是最後轉劍再收進劍鞘的動作，我搞不好辦得到。」

我在遊戲裡第一次拿到劍時很高興，還練習過拔刀。我甚至為了在打倒魔物後做出帥氣的收劍動作而努力練習過，現在回想起來還真丟臉。

因為是類似的動作，有心練習的話或許辦得到。

「那我還真想看看。」

「有機會的話再說吧。」

我用委婉的方式拒絕。

就跟「我有空就去」是一樣的意思。

「現在也可以呀。」

看來這種拒絕方式對堤莉亞無效。這次我開門見山地以不能在這種地方揮劍為理由，鄭重拒絕了她。

堤莉亞一臉遺憾，但我穿著制服，不想做出引人注目的事。萬一被學校的老師發現那就麻煩了。

「接下來要去哪裡？」

「這個嘛，既然大家都覺得劍舞很精彩，接下來也去看精彩的表演吧。時間上應該來得及。」

堤莉亞牽起身旁的諾雅和米莎，邁出步伐奔跑。

「堤莉亞大人！」

「優奈，妳們也快點跟上吧。」

堤莉亞不理會呼喚她的諾雅，往前奔跑，而我們也追了上去。

堤莉亞帶我們來到一棟大型的建築物。

這是什麼地方？有點像體育館，但似乎更像劇場。

學生和來賓陸陸續續走進建築內。

「裡面有什麼嗎？」

「進去就知道了。我覺得大家一定會看得很開心。」

堤莉亞到現在還是不告訴我們要看什麼。

我們跟著堤莉亞，走進看似劇場的建築物裡。

一進到室內就可以看到正面有一扇敞開的大門，走進來的人們都繼續往門內前進。我還以為我們也要從這裡進去，堤莉亞卻往左邊的走廊前進。

堤莉亞走向有階梯的地方，就這麼上樓，所以我們也跟著她走。上樓之後，我們看到整排的門。堤莉亞毫不猶豫地走過去，在正中央的門前停下腳步。這扇門比其他的門還要大了一號。堤莉亞觸碰門邊看似魔石的東西，我們聽到像是開鎖的聲音，門打開了。

「好了，大家請進吧。」

我們走進房間內。裡面有氣派的桌椅，深處還有露臺。

我們從露臺往外眺望。雖然四周很暗，但最前方有類似舞臺的地方。舞臺前有椅子，人們就坐在那邊。

這裡果然是劇場。

這層樓的每扇門後面應該都是像這樣的房間，我們所在的這個房間就位於正中央。

「堤莉亞，這個房間該不會是……」

「算是王室成員的貴賓室吧？平常很少用到，不過王室成員要觀賞表演的時候會使用這裡。」

換句話說，這裡是王室專用的房間。

「我們進來沒關係嗎？」

我這麼問，諾雅和米莎便連連點頭。比起身為平民的菲娜和修莉，身為貴族的諾雅和米莎或許更能理解這個地方的意義。

「沒關係啦。我就在這裡，而且我也沒聽說有其他人會用到這個房間，所以妳們大可放心。」

我們完全沒有放心的理由。菲娜都緊張得僵住了，連諾雅和米莎這兩個貴族都不知道該如何是好。我們之中只有修莉帶著閃閃發亮的眼神看著舞臺。

身為貴族的諾雅和米莎也就算了，怎麼可以讓平民進入王室專用的房間呢？觀眾席的氣派椅子是給國王和王妃殿下用的吧。

房間裡的沙發散發著和那些椅子一樣的高級感，就連我這個外行人也看得出來。

可是，堤莉亞一點也不在乎，還對大家說：「好了，大家隨便找位子坐下吧。」

就算她這麼說，還是沒有人坐到椅子上。修莉本來想坐，卻被菲娜給拉住手制止了。

雖然我覺得國王和王妃殿下應該不會說什麼，但菲娜應該還是不想讓妹妹坐在國王的椅子上吧。我也不想坐。

因此，大家都婉拒了堤莉亞，僅僅接受她提供了房間的好意。

「所以，等一下到底有什麼表演？」

有許多看似觀眾的人來到劇場，等等在舞臺上應該有什麼表演。

「我記得這個時段是演奏會。樂團的表演很棒，妳們一定會喜歡的。」

那還真令人期待。

大家都從露臺望向舞臺，這時，拿著樂器的學生上臺了。

所有學生行了一禮，然後開始演奏。

各式各樣的樂器交織出和諧的樂曲，響徹整座劇場，撼動人心。就算是不懂音樂的我也知道他們的表演非常出色。修莉和菲娜第一次聽到演奏，兩人都睜大眼睛盯著舞臺。

諾雅和米莎當然也聽得出神。

樂團換了幾次曲子，每首都令人著迷。這些都是我第一次聽到的曲子，但每首都能觸動心弦。

所有樂曲結束後，學生行了一禮，走下舞臺。大家都為他們鼓掌。

順帶一提，我也有鼓掌，卻因為戴著熊熊玩偶手套的關係，只發出噗噗噗的聲音。

「好厲害喔，我還是第一次聽到這種演奏。」

「很高興妳喜歡。」

聽到菲娜的感想，堤莉亞很高興。的確，學生演奏得這麼好，我也聽得十分滿足。

「姊姊大人不知道會不會樂器。」

諾雅這麼問道。

希雅演奏樂器啊。我覺得很適合她，不過實際上如何呢？既然是貴族，或許她平常就有在練習？

「演奏已經結束了嗎？」

我還想再聽，舞臺上卻已經沒有學生了。

「我記得接下來的節目是話劇，要看嗎？」

話劇啊，我想看看。既然演奏有這個水準，話劇也值得期待。

「大家覺得呢？」

「我想看！」

「我也沒問題。」

「我也想看。」

「既然大家都想看的話。」

大家都沒有反對，所以我們決定留下來看。

節目開始之前，我從熊熊玩偶手套拿出飲料請大家喝，這時，後面的門打開了。

「怎麼，有人在嗎？」

「父親大人？」

「是堤莉亞啊，妳怎麼會在這裡？」

「姊姊大人？」
走進房間的人是國王，他身後還跟著芙蘿拉公主與王妃殿下。看到堤莉亞的芙蘿拉公主跑過來抱住了姊姊。
「哎呀哎呀，有好多客人呢。」
王妃殿下看著我們微笑。
「父親大人怎麼會來這裡？」
「因為芙蘿拉說想來參觀校慶。來是來了，但我們走在路上很引人注目，所以就跑來這個隱密的地方了。」
國王陛下、王妃殿下與芙蘿拉公主走在路上確實會引起騷動。而且他們身邊也會有護衛，那就更引人注目了。
「呵呵，什麼嘛，明明就是想以芙蘿拉為藉口來蹺掉工作。」
王妃殿下突然爆料，讓國王開始慌張。
「芙蘿拉想來是事實啊。」
「既然有護衛在，我和芙蘿拉也可以自己來呀。」
國王好像還想說什麼，卻又閉上嘴巴。
一想到這種人是國王，我就開始有點擔心這個國家了。算了，雖然他的個性有點問題，但兒子好像是個認真的人，我想王國的未來應該沒問題。有這種自由奔放的父親，做兒子的還真辛

苦。我忍不住同情起那位王子。

這種爸爸怎麼生得出那種了不起的兒子呢？

真是王都七大不可思議之一。

國王看了我一眼，但又馬上移開視線，望向諾雅。

「那邊的女孩是艾蕾羅拉的女兒——諾雅兒吧。」

看到諾雅後，他又望向菲娜和修莉，王妃殿下也跟他一起看向姊妹倆。

「妳們是菲娜和修莉吧。」

王妃殿下好像記得之前見過面的兩人叫什麼名字。

「怎麼，妳認識嗎？」

國王看著修莉問道。

「修莉是菲娜的妹妹。上次她們來城堡的時候，我們有聊過。」

「啊啊，是艾蕾羅拉沒告訴我優奈有來的那一次啊。而且，優奈當時也有帶食物來吧。」

「是呀，味道甜甜的，很好吃呢。」

「甜甜的，而且輕飄飄的。」

她們是說上次我們去參觀城堡的事吧。那可不是我的錯，是艾蕾羅拉小姐要保密的。

「妳叫做菲娜吧。下次遇到優奈的話記得告訴她，帶食物來城堡的時候要幫我準備一份。」

呃，我本人明明就在眼前，國王卻拜託菲娜轉告我。

他該不會沒有發現吧？

菲娜用傷腦筋的表情看著我。可是，我也不太想表明身分。堤莉亞帶著淺笑默默聽著，諾雅和米莎也不會主動向國王搭話。

然後，國王望向米莎。米莎向國王打了招呼。

「是法蓮格侖家的女兒啊。這到底是什麼組合？」

「因為父親大人不介紹優奈給我認識，所以我就請朋友替我介紹了。我就是在那個時候認識她們的。」

國王環顧房內。他看了我一眼，做出沉思的動作。

國王第一次見到我的時候，曾經叫我把連衣帽拿下來。當時雖然時間很短，但他應該有看到我的臉。該不會是因為身體不是熊的樣子，他就認不出來吧？

「我有在哪裡見過妳嗎？」

國王對我這麼問道。

是的，我們已經見過好幾次了。

他果然還是沒有認出我。

「親愛的，你在說什麼呀？這個女孩就是優奈啦。」

王妃殿下笑咪咪地看著我。

「…………？」

這番話讓國王陛下露出疑惑的表情，重新看向我的臉。

「我還想說怎麼這麼眼熟，原來是優奈啊。」

他剛才果然沒認出來。

「你看過我的臉一次吧。」

「我、我可不是忘了。只是因為妳沒有打扮成熊的樣子，所以我一時沒認出來。」

換句話說，他就是用熊的特徵來辨認我的。

「所以，妳為什麼會打扮成這種奇怪的樣子？」

這個人竟然說我的打扮是奇怪的樣子。制服哪裡奇怪了？打扮成熊的樣子被說奇怪，穿上普通制服也被說奇怪，對我來說到底有什麼衣服是不奇怪的？

「希雅……艾蕾羅拉小姐的女兒希雅說我打扮成熊的樣子太顯眼，所以逼我換上這套衣服。」

我說明自己打扮成奇怪模樣的理由。國王一直盯著我看。

「怎麼了？」

「沒什麼，我只是在想，原來妳換上普通的衣服就像個普通的女孩子。」

真失禮。就算打扮成熊的樣子，我的內在也是普通的女孩子啦。而且，他剛才不是說制服是奇怪的打扮嗎？

我有點不高興的時候，芙蘿拉公主靠近我。

「妳是熊熊嗎？」

我蹲下來配合芙蘿拉公主的視線，然後把熊熊玩偶手套拿到她眼前，動了動熊嘴巴。這樣她就會相信了吧？

可是，她沒什麼反應。

也對，芙蘿拉公主平常都叫我「熊熊、熊熊」，果然也是用熊的特徵來辨認我的嗎？

我摸摸她的頭。突然間，芙蘿拉公主綻放燦爛的笑容。

「跟被熊熊摸頭的感覺一樣。」

竟然是用這一點來判斷！

「因為優奈姊姊摸頭的動作很溫柔呀。」

「嗯，被優奈姊姊摸頭的感覺軟綿綿的，很舒服。」

「我懂！優奈小姐摸頭的方式充滿了愛！」

「優奈姊姊大人總是摸得很溫柔。」

連其他人都開始附和芙蘿拉公主說的話。聽到大家這麼說，我感到害羞不已。

290 熊熊看話劇

既然國王和王妃殿下來了，我們是不是應該出去呢？

我提起這件事。

「只要不吵鬧，妳們可以繼續待在這裡。」

「真的嗎？」

「妳覺得我看到芙蘿拉這個樣子還能把妳趕出去嗎？」

國王的眼神變得慈祥。他的目光放在抱著我的芙蘿拉公主身上。我摸摸她的頭，她便露出舒服的神情。

「我要跟熊熊在一起。」

我現在明明不是熊熊的打扮，她卻還是一樣叫我熊熊。

「而且，我們怎麼能把堤莉亞帶來的客人趕出去呢？」

由於國王和王妃殿下的好意，我們就這麼留下來看話劇。

這是一次寶貴的經驗，我打算心懷感激地觀賞。不過除了我以外，大家好像都很緊張。米莎躲在諾雅身後，諾雅也挺直腰桿，像是要保護身後的米莎不受國王傷害。菲娜緊緊抓住修莉的手，免得她擅自亂跑。修莉看起來是最不緊張的。

「既然都來了，妳要坐那張椅子也可以喔。」

國王不知道是開玩笑還是認真，伸手指著氣派的椅子。我鄭重地拒絕了。

「話說回來，因為穿著不同的衣服，我一時之間沒認出妳，凱媞雅是怎麼知道的？」

「這麼可愛的女孩，不管穿什麼衣服我都認得出來。你真該學著好好觀察女性呢。」

我對王妃殿下有點改觀了。原來她不單純是個悠閒的人。沒有看過我拿掉熊熊連衣帽的王妃殿下竟然能認出我，真是出乎我的意料。

「氣質變了這麼多，我當然認不出來了。」

「身為國王，這樣可不行喔。」

「……我知道，也已經記住了。不管優奈下次打扮成什麼奇怪的樣子，我都認得出來。」

真是的，為什麼他一定要說我打扮得很奇怪呢？制服明明就是很普通的打扮。如果穿制服很奇怪，那不就表示學生全都穿得很奇怪嗎？

我把想說的話吞進肚子裡。

我們看著舞臺，這時，宣告話劇開始的鐘聲響起。雖然是校慶的表演，但這是我第一次看正式的舞臺劇，所以很期待。

布幕升起。

故事內容好像是騎士與公主的羅曼史。騎士與公主彼此相愛，卻受到身分差距的阻撓。

嗯，很經典的套路。

國王想要成全女兒，大臣卻為了政治利益而從中作梗，企圖讓自己的兒子娶公主為妻。

國王很疼愛女兒呢。也對，畢竟真正的國王可能會看到這場戲，所以編劇不可能會破壞國王的形象。

隨著劇情發展，大臣的兒子出場了。我還以為兒子的性格也很惡劣，他卻是騎士的好友兼知己。可是，大臣仍然強迫兒子與公主結婚。

大臣僱用殺手去暗殺騎士。可是，得知這件事的大臣兒子在千鈞一髮之際救了騎士，擊退殺手。

後來，騎士與公主遇到各式各樣的困難，大臣的兒子則在背後守護著他們。

這是怎樣？大臣的兒子也太帥了吧。

難道主角其實是大臣的兒子？

最後大臣的兒子揭穿父親的所有惡行，向國王告發他。得知這件事的大臣氣急敗壞，命令自己的手下去暗殺兒子。這次換騎士趕來相助，於是兒子與騎士並肩作戰。騎士平安救出了大臣的兒子。

大臣因此失勢，騎士與公主終成眷屬。大臣的兒子見證兩人的戀情開花結果之後，一個人踏上旅途。

我個人認為大臣的兒子根本就是主角。他在劇情中不時表現出看似對公主有意思的跡象，卻還是把機會讓給了騎士這位好友。

嗯～雖然很好看，我還是希望大臣的兒子也能獲得幸福。

或者是乾脆讓大臣的兒子當主角，故事應該會不錯。大臣的兒子幫助朋友，為朋友大義滅親，之後出現一個默默扶持他的女性，這樣應該就不會讓觀眾留下遺憾的感覺了。例如第二公主之類的？

不過，雖然結局有點可惜，整體來說還是滿好看的。

「大家覺得怎麼樣？」

堤莉亞詢問菲娜等人對話劇的感想。

「是，我覺得大臣的兒子很帥。」

「公主殿下好漂亮喔。」

「幸好能打敗壞心大臣。可是，他的兒子好可憐喔。」

「公主殿下和騎士可以幸福美滿真是太好了。」

菲娜、修莉、諾雅、米莎分別發表感想。

她們的感想跟我大致相同。

然後，當大家正在聊著話劇的感想時，在後面看著我們的國王說出了驚人之語。

「雖然不錯，但好像還是優奈畫的繪本比較感人呢。」

這個大叔突然說些什麼啊？

國王說的話讓菲娜等人有了反應。

「對呀，熊熊為小女孩努力的情節很感人呢。要是改編成戲劇，或許很適合小孩子看。」

連王妃殿下都贊成國王的一番話。

的確，芙蘿拉公主看話劇的表情好像有點無聊。以她的年齡而言，看這種羅曼史好像太早了。

就算如此，我還是不希望熊熊繪本被改編成戲劇。

即使把熊熊繪本改編成戲劇，也不是大人會想看的內容。

「好，那麼下次就請人把繪本寫成話劇吧。」

「請不要這樣！」

我大聲制止。熊熊繪本已經讓我滿害臊的了，改編成話劇會讓我很困擾。你們看，菲娜的身體都在發抖了。

「不行嗎？我覺得這是好主意啊。」

「如果你那麼做，我就再也不帶食物去城堡了。」

「這……」

國王好像想開我玩笑，但只要用食物威脅，他應該就會停手了。

「也包含芙蘿拉在內嗎？」

我搖搖頭。

「我只會準備芙蘿拉公主的份。就算國王和王妃殿下來房間，我也不會替兩位準備。」

如果國王禁止我出入城堡，那就到此為止了。國王稍微思考了一下，然後開口說道：

「……我知道了，我放棄。」

「真可惜。」

看來食物獲勝了。人家常說抓住對方的胃就贏了，好像是真的。

因為我成功阻止，菲娜的臉上浮現放心的表情。一般來說，普通人根本不會希望以自己為主角的繪本被改編成戲劇。而且熊熊要給誰演？我可不會上臺喔。

國王和王妃殿下一臉遺憾，但我是不會答應這件事的。

我成功阻止繪本被改編成戲劇，於是向堤莉亞詢問接下來的節目是什麼。

「接下來是校園歌姬要唱歌。」

最後好像有歌曲可以聽。不過，原來還有校園歌姬這種漫畫般的人物存在啊。

「可是，要說歌『姬』的話，堤莉亞才是貨真價實的公主吧（註：日文中，公主的漢字寫作『姬』）。妳不唱歌嗎？畢竟是真正的公主。」

「我也不是不會唱歌，但她的水準完全不同，她才配得上歌姬的稱號。」

堤莉亞說得這麼厲害，我也漸漸開始期待了。

我們看著舞臺，一名女性穿著漂亮的白色禮服上臺了。她是學生吧？看起來很成熟。上臺的女性行了一禮，然後開始唱出類似歌劇的曲調。

女性一開口，大家便望著她，聽得如痴如醉，我也是其中之一。她的聲音響徹整座劇場，深入聽眾內心。如果能錄音的話，我一定會錄下來。

很可惜，我持有的熊熊電話並沒有錄音功能。

歌聲一結束，現場便響起今天最熱烈的掌聲。

「她的歌聲真美妙。」

孩子們好像都很感動。

國王和王妃殿下也都聽得出神。

後來，歌姬又唱了好幾首歌。我們還想繼續聽，但表演終究會結束。

「嗯，最後的歌曲真不錯呢。」

「是呀，很棒的歌聲。堤莉亞也要努力練習喔。」

「母親大人，要是以那種等級為標準，我會很困擾的。」

我也覺得很困難，水準完全不同。想達到那種等級需要有才華，同時也要努力。

所有表演好像都結束了，觀眾陸續走出劇場。

我向帶我們來這裡的堤莉亞道謝。

「很高興妳們喜歡。雖然我沒想到父親大人他們也來了。」

「我才沒想到妳們會出現在這裡呢。」

291 熊熊換上熊熊裝

回到宅邸時，出來迎接我們的史莉莉娜小姐對我的制服裝扮非常驚訝。

「穿上制服之後，優奈大人就像一位普通的學生呢。」

好像已經很久沒有人說我普通了。我穿制服的樣子一點也不奇怪。

「不過，我認為優奈大人比較適合打扮成熊的樣子，但這麼說好像很失禮。」

嗯，真的很失禮。

我好歹也是個十五歲的少女，聽到別人說自己很適合穿熊熊布偶裝，應該沒有女生會高興。

我回到房間，準備換回熊熊布偶裝。

「優奈小姐，妳要換衣服了嗎？」

「是啊，畢竟都回到家裡了。」

普通人回到家裡，通常都會換回輕鬆的衣服，而且我總不能一直穿著制服。我從熊熊箱裡拿出熊熊布偶裝，然後脫掉制服，換上熊熊布偶裝。

這種觸感和暖意讓我很安心。嗯～還是熊熊裝最能讓我放鬆了。這種舒適的包覆感能幫我抵禦外敵，給我安全感。

這一定是神的詛咒。

「雖然熊熊裝扮也很好，我還是想再多看一下穿制服的優奈小姐呢。」

繼續穿制服也沒什麼問題，但我會覺得不放心。而且明天我也要穿制服，應該不用那麼失望吧？我已經跟希雅約好了，明天去校慶時也要穿制服。

今天穿了一天制服，我發現穿制服不會被叫做「熊」，不會被別人指指點點，不會有小孩子靠過來，也不會被嘲笑。

但不知道為什麼，好像有很多男生會轉過頭來看我。只不過，因為我平常穿熊熊裝的時候都會被看，這大概只是自我感覺良好而已。

我想那二人大概都是在看我身旁的堤莉亞，我才會有自己受到注目的錯覺。沒錯，我只是個無名學生，堤莉亞則是這個國家的公主，大家都是在看堤莉亞。

要是以為別人都在看自己，我就是個自我感覺良好的丟臉女生了。

換上熊熊裝之後，我看看四周，發現孩子們正在跟米莎一起玩撲克牌。葛蘭先生還要再過一段時間才會來接米莎。

「好，3湊齊了。」

菲娜把兩張3放到中央。

看來她們正在玩抽鬼牌。

「我抽到熊熊卡了。我其實很高興能抽到熊熊卡，可是這樣就輸了呢。」

大家都把鬼牌稱為熊熊卡。最近我還發現她們會說K是熊國王，Q是熊公主，J是熊騎士。雖然沒有錯，但這不過是基於圖案是熊，跟普通的撲克牌不一樣，所以她們才這麼叫。可是，我也沒辦法向菲娜她們解釋普通的撲克牌是什麼樣子，所以到現在都沒有糾正她們的稱呼。

大家正在玩撲克牌的時候，冒險者瑪麗娜來接米莎了。

「原來瑪麗娜也有來啊。」

「是啊，這次我也是來護衛葛蘭大人和米莎娜大人的。米莎娜大人，今天玩得開心嗎？」

瑪麗娜向我打過招呼後，這麼對米莎問道。

「嗯，很開心。」

「那真是太好了。優奈，今天謝謝妳。其實我也想讓米莎娜大人再多玩一陣子，但明天好像就得出發了。」

這也沒辦法。葛蘭先生說他是為了工作才來王都的，米莎好像也了解這一點，所以不會任性，乖乖向菲娜等人道別。

「諾雅姊姊大人，下次我會去克里莫尼亞玩的，到時候就請妳帶我去城裡逛逛吧。」

「我會帶妳去很多地方玩的。」

「菲娜和修莉也是，我們下次見。」

「好的。如果米莎大人要來，請來找我們玩。」

「米莎姊姊再見。」

三人與米莎相約在克里莫尼亞見面。

「米莎，等妳來到克里莫尼亞，我再招待妳來我的店。」

「好的，我一定會去。」

米莎高興地答應我的邀請，跟瑪麗娜等人一起離去。

米莎回去後過了一陣子，希雅和艾蕾羅拉小姐一起回來了。

「妳們聽我說，國王陛下竟然拋下工作，跟芙蘿拉公主一起去逛校慶耶。因為他的關係，我的工作變得好忙。我也很想去校慶的說。」

艾蕾羅拉小姐一邊吃飯一邊這麼抱怨。

王妃殿下的確有說國王是溜出來的。看來遭受波及的人不只有那個認真的王子，這裡也有一個被國王添了麻煩的人。

諾雅提到我們跟國王見面的事，艾蕾羅拉小姐就更氣了。

「太卑鄙了。早知如此，我就應該先從國王陛下身邊搶走芙蘿拉公主，自己去逛校慶了。」

我知道她想表達什麼，可是她竟然用「搶」這個字眼，至少應該說是「一起去」吧。

「對了，菲娜妳們在校慶玩得開心嗎？」

「是，我們非常開心。今天看的演奏和話劇都很精彩。」

「歌姬唱的歌很好聽。」

菲娜和修莉高興地說著。

「多虧堤莉亞大人帶路，我們才能在貴賓席看表演。可是，今天最驚人的是優奈小姐穿制服的樣子，真的非常可愛。」

諾雅突然說了奇怪的話。

這孩子在說什麼啊。

「穿制服的樣子？」

「是的，今天優奈小姐穿著姊姊大人的制服去逛了校慶。雖然平常的熊熊裝扮就很好，但她穿制服的樣子也很好看。」

「因為希雅說我的熊裝扮太顯眼，才叫我換上制服。」

幸好有換上制服，我才沒有因為熊的模樣被指指點點。

「可是，路上的人都會看優奈小姐呢。」

「那些人是在看堤莉亞這位公主殿下吧？」

我的確有感覺到視線，但那只是在看身為公主的堤莉亞。既然我沒有打扮成熊的樣子，路人就沒有理由看我。

「的確有人是在看堤莉亞大人，可是我覺得他們也有看優奈小姐。」

諾雅向菲娜和修莉尋求同意。

「沒那回事吧。」

我也向姊妹倆尋求同意，因為我不懂路人有什麼理由看我。

「呃，我覺得妳們兩個人都有被看。」

「咦，為什麼？堤莉亞是公主殿下，大家都會看吧。我又沒有打扮成熊的樣子，哪會有人看我。」

「……我覺得是因為優奈姊姊很漂亮的關係。」

「菲娜也到了會說客套話的年紀了呢，妳不用安慰我啦。他們應該只是因為我跟堤莉亞走在一起，所以才會對我好奇吧。」

我這麼說，菲娜和諾雅卻用傻眼的表情看著我。為什麼？

「優奈穿制服的樣子呀，我還真想看看呢。」

「優奈小姐明天也會穿，到時候就看得到了。」

諾雅又多嘴了。

「哎呀，真的嗎？我真期待明天。」

的確，我在校慶期間都會穿制服，艾蕾羅拉小姐一定會看到我穿制服的樣子。

三個女孩繼續跟艾蕾羅拉小姐聊著在校慶看過的表演和參加過的活動。修莉好像也在這幾天內習慣了艾蕾羅拉小姐。一開始修莉還很緊張，現在已經能和她正常對話了。

也對，艾蕾羅拉小姐基本上是個很親切的人。雖然她偶爾會有一些誇張的言行舉止，只要不計較那些，她真的是個好人。

「這樣呀，幸好大家都玩得很開心。」

沒錯，我們參加了很多活動，也吃了美食、看了表演，包含我在內的每個人都玩得很開心。我得好好感謝邀請菲娜和修莉來參觀校慶的艾蕾羅拉小姐。

「對了，希雅那邊的情況怎麼樣？」

「多虧優奈小姐替我們做的熊熊擺飾吸引了很多客人，棉花糖賣得很好。而且今天還有堤莉亞大人幫忙宣傳了一下。」

希雅對艾蕾羅拉小姐說起熊熊擺飾引來客人，還有堤莉亞的叫賣使現場一片混亂的事。

「呵呵，這也難怪。堤莉亞大人來叫賣的話，客人都會聚集過來呢。」

「我們沒想到會吸引那麼多客人。」

光是和堤莉亞走在一起，周圍的視線就會集中過來。公主殿下的影響力很大。

「母親大人明天也要工作嗎？」

「我明天要跟國王陛下一起去學校，所以我們或許有機會見面呢。」

看來明天國王也會來學校。

就算明天看到國王，我也不會接近他。要是被別人看到我跟國王熟識的樣子，就會引人注目，我得小心一點。

292 熊熊看學生施魔法

校慶第三天，我換上希雅借我的制服，最後穿戴上手腳的熊熊裝備，準備去找艾蕾羅拉小姐。因為艾蕾羅拉小姐說她一定要看到我穿制服的樣子，否則不去工作，所以我要去讓她看看。

「妳穿禮服的時候我就在想了，人只要換了服裝，形象就會變很多呢。」

看到我穿制服的樣子，艾蕾羅拉小姐說出這番感想。

簡而言之，她是想說佛要金裝，人要衣裝吧。

「可是要比可愛的話，妳也贏不了我女兒呢。」

艾蕾羅拉小姐開始炫耀自己的女兒。

諾雅和希雅那麼可愛，請不要拿我跟她們兩個人相比。

艾蕾羅拉小姐對我的制服裝扮感到滿足，出門去工作。

過了不久，我們也出門了。

「今天可以跟姊姊大人一起走呢。」

諾雅很高興地走在希雅身邊。今天我們在中午之前都能跟希雅一起逛校慶。

要是艾蕾羅拉小姐也在，大概就能湊齊三姊妹了。艾蕾羅拉小姐的外表很年輕，三個人站在一起就像三姊妹。她一點也不像三十五歲。

我們抵達學校，首先往希雅的攤位前進。我們到攤位時，馬力克斯等人正在準備，希雅也幫了點忙。

「那麼，中午之後我會回來一趟。」

第一天的生意很忙，誰也沒空去逛校慶，第二天因為有朋友幫忙，卡特蕾亞和堤摩爾才能輪流逛校慶，而今天好像輪到希雅和馬力克斯輪流去逛了。

「攤位就交給我們，妳去玩吧。」

在馬力克斯的目送之下，我們出發去逛第三天的校慶。

今天的嚮導是希雅，我們會跟著希雅去她想逛的地方。前兩天已經玩得很盡興的我們今天要陪伴希雅。

「那我們要去哪裡？」

「我本來想去逛逛賣食物的攤位，可是昨天優奈小姐來之後，又有朋友帶了很多點心來。」

朋友們聽說第一天的生意很好，所以有來攤位幫忙，或是帶點心來慰勞大家。

看來希雅跟我不同，有很多朋友。這就是她平日的社交成果吧。

所以，希雅今天想去餐飲店以外的地方。

「昨天來攤位幫忙的朋友要跟城堡的騎士切磋，我想去看比賽，可以嗎？」

我們當然沒有理由拒絕，於是決定去看那場比賽。

「可是，學生和騎士比賽根本不公平吧？」

戰況應該會一面倒。

「那不是正式的比賽，而是志願成為騎士的學生向城堡騎士討教的練習賽。不過，為了確認自己的實力能跟騎士打到什麼程度，學生會盡全力戰鬥。」

原來還有這種活動啊，好像滿有意思的。自己戰鬥很有趣，觀摩別人的比賽也很好玩。

「另外，雖然優奈小姐可能覺得沒看頭，但比賽前也會有魔法的示範。」

「姊姊大人，真的嗎？」

「是啊，諾雅也有說想看魔法嘛。」

「姊姊大人，謝謝妳。我好高興。」

我們走了一陣子，來到運動場。這所學校很寬廣，有好幾處運動場。

我們往運動場望去，有學生正在施展魔法。

「對了，諾雅會用魔法嗎？」

我以前都沒有問過，她會不會呢？

我只知道希雅會用魔法。

「我還沒有學過，所以不會用。」

原來是這樣啊。

「一般人都是在學校學魔法嗎？」

「學校也會教魔法，不過有些人會在上學前就跟父母學。」

「諾雅沒有跟克里夫或艾蕾羅拉小姐學嗎？」

「我會在上學前跟他們學，但年紀還不到。」

「是喔，我覺得從小就開始學會比較好。」

根據異世界轉生的套路，從小就開始練習魔法比較能獲得外掛般的能力，例如魔力增加或是屬性增加。如果這個世界也一樣，我覺得從小就開始練習魔法會比較好。

「優奈小姐，妳在說什麼呀？從小使用魔法會給身體帶來太大的負擔，將來就不能使用魔法了。」

「是嗎？」

「優奈小姐，妳明明會用魔法，卻不知道這件事嗎？」

諾雅用不敢相信的眼神看著我。

原本的世界又不能用魔法，我是在來到這個世界才能用魔法的嘛。不過，我可不能說出這件事。

諾雅對一無所知的我這麼說明：

「基本上魔法會對身體造成負擔，所以大家都說十歲以前不要用魔法比較好。學習魔法的年

紀最早在十到十二歲，所以以優奈小姐的年齡來說，能使用這麼強的魔法是很厲害的事。」

原來如此。就是因為這樣，我去冒險者公會時才會被嘲笑是「小妹妹」啊。不過，我在冒險者公會被騷擾的最大原因應該還是裝扮。

這麼說來，要滿十三歲才能加入冒險者公會也是因為這個理由吧。

換句話說，這個世界並沒有會用魔法的天才女童。以奇幻世界而言，沒有天才女童實在有點可惜。

可是，諾雅的一番話讓我恍然大悟。就是因為如此，我才從來沒有看過小孩子使用魔法吧。而且，諾雅一次也沒有拜託我教她魔法。她之所以沒有這麼要求，就是因為有這個理由啊。

我總算明白了。

話說回來，小孩子使用魔法竟然是不好的事。原因在於魔力嗎？

我沒辦法用科學的角度研究魔力，所以就當是這麼回事了。

「而且，我也還不知道我的魔力夠不夠使用魔法。」

這一點我倒是有在書上看過。魔力太少的人無法使用魔法。

這個世界的人全都有魔力，可以靠魔力來啟動魔石，滿足生活的需要。只有魔力較多的其中一些人能使用魔法。

「別擔心，我和母親大人跟父親大人都會用魔法，諾雅一定也能用的。」

希雅這麼說，讓諾雅放心。米莎遭到綁架的時候，我曾經看過艾蕾羅拉小姐使用魔法。原來克里夫也會用啊。

不過，這方面的事果然跟遺傳有關嗎？

這麼說來，以前曾當過冒險者的堤露米娜小姐也會用魔法嗎？

「菲娜，堤露米娜小姐會用魔法嗎？」

「是的，我聽媽媽說過，她會用一點魔法。」

「這麼說來，菲娜和修莉或許也能用魔法呢。」

我不知道該不該在這個時候說「希望妳們能用魔法」。

要是學會用魔法，使得菲娜和修莉想成為冒險者，那就傷腦筋了。我把菲娜和修莉當成自己的親妹妹看待，不想讓她們去做危險的事。雖然就算撇開這一點不談，菲娜是在冒險者公會做肢解工作，所以還是會待在常接觸冒險者的地方。

如果她們說自己想當冒險者，我可得請堤露米娜小姐和根茲先生阻止她們。

我把手放在身旁的菲娜頭上。

「優奈姊姊？」

我突然把手放在菲娜的頭上，她便歪起頭來看我。

「沒什麼。」

我微笑，菲娜的頭就更歪了。

我一邊擔心著菲娜和修莉的將來，一邊往廣場望去，看見學生詠唱魔法並擊中標靶的模樣。

有人從手心放出火球，燒掉標靶，也有人放出土塊，擊碎標靶。

廣場四周都聚集了觀眾，每次魔法命中標靶，就會有掌聲響起。

「因為不會用魔法的人很少有機會能觀賞魔法，所以這裡很受歡迎。」

不過，或許是考慮到危險，沒有人使用大規模的魔法，也有可能是不會用。

「我也想早點開始用魔法。」

「沒有得到父親大人和母親大人的許可是不能用的喔。」

「我知道，我不會擅自使用的。」

後來又出現了使用風魔法和水魔法的學生，運動場變得十分熱鬧。果然沒有學生會用冰屬性的魔法，是因為太難了嗎？

我們正在看學生的魔法演習時，某個地方傳來吵雜的聲音。

「怎麼了？」

我們往吵鬧的地方看過去，見到國王走在路上的身影。他的身邊還有穿著制服的堤莉亞，兩人四周則有護衛騎士包圍。

我原以為芙蘿拉公主也在，卻沒看到芙蘿拉公主和王妃殿下的身影。看來她們今天沒有一起來。

「母親大人？」

「真的耶。」

希雅的視線轉向距離國王稍遠一點的位置，艾蕾羅拉小姐就在那裡。

艾蕾羅拉小姐一發現我們，便帶著笑容向我們揮手。

看到她這麼做，希雅和孩子們都揮揮手來回應她。艾蕾羅拉小姐因此露出開心的表情。

雖然我有聽說她要跟國王一起來校慶，卻沒想到會在這麼寬敞的學校裡遇見他們。

我還以為艾蕾羅拉小姐會直接去找國王，她卻朝我們走過來了。

「真巧呢，應該是母愛引導我找到妳們的吧。」

艾蕾羅拉小姐高興地說道。

「對了，妳們怎麼會來這裡？」

「因為我有個朋友想當騎士，所以我就來加油了。」

「哎呀，真令人期待。」

艾蕾羅拉小姐用猜疑的眼神看著希雅。

「母親大人好像誤會了，我說想當騎士的朋友是女生喔。」

「哎呀，是嗎？」

艾蕾羅拉小姐露出遺憾的表情。

原來是女生啊。因為希雅說對方想當騎士，我也以為是男生呢。

「對了，馬力克斯不是想當騎士嗎？我記得他好像說過自己的爸爸是騎士。」

他好像是想當沒錯。

「馬力克斯本來也在猶豫要不要參加，後來還是選了棉花糖。」

喂喂喂，這樣好嗎，馬力克斯？

「而且因為父親是騎士團的人，所以他說自己隨時都可以向騎士討教。」

也對，既然爸爸是騎士，隨時都可以請爸爸當自己的練習對手。

「不過，他要是知道國王陛下有來，應該會很後悔吧。畢竟一般學生很少有機會能表現給國王陛下看。」

學生的確沒什麼機會讓國王記住自己的長相。

這麼說來，如果馬力克斯知道王室成員認得我的臉（熊），他會不會羨慕呢？

可是一想到對象是國王，我就不覺得榮幸了。

293 熊熊聽艾蕾羅拉小姐說貴族的事

「艾蕾羅拉小姐，妳不用回去嗎？」

艾蕾羅拉小姐沒有回到國王身邊，在我們附近坐下。

「沒關係，反正有騎士當護衛，我只是陪國王過來。我的工作是在國王亂來的時候阻止他。」

亂來？在我看來，他們兩個是半斤八兩。「會亂來的人╳會亂來的人＝大事不妙」……希望她不會提油救火。

從國王的角度看來，他大概覺得能阻止艾蕾羅拉小姐亂來的人只有自己吧。

也許他們能成為嚇阻彼此的力量。

魔法演習持續進行，學生注意到國王的出現，便開始努力表現好的一面給國王看。有學生想使用大規模的魔法，卻被看似老師的人制止了。

我有點想看，但既然有危險，這也沒辦法。

有些人改變了策略，試著用魔法的數量來增加曝光率，卻因此降低了命中率，結果慘不忍

睹。另外也有學生疑似耗盡了魔力，癱坐在地上。

不知道是魔力太少，還是浪費太多，我覺得他們應該在使用魔法前多想一想。

「優奈要不要也參加？」

艾蕾羅拉小姐這麼詢問看著學生施魔法的我。

「還是算了吧，我畢竟不是學生。」

而且我在眾人面前用魔法只會引人注目，根本沒有好處。

「妳穿成這個樣子，不會有人發現的。」

「請恕我拒絕。」

「哎呀，真可惜。」

「順便問問，他們的實力大概到什麼程度？」

「嗯～以學生而言大概是中等稍微偏高吧，真正有實力的學生不會來參加這種表演。」

大概中等啊。不知道最有實力的學生是什麼程度？

過了一陣子，魔法演習結束了，學生們站到國王面前，行了一禮。國王對他們說：「你們今後也要繼續精進。」得到國王的鼓勵，學生們開心地離開廣場。

能得到國王的鼓勵果然是令人高興的事呢。實際上，他常常偷懶不工作，又對食物很挑剔，就只是個普通大叔。在不知情的學生眼裡，他似乎是個了不起的國王。

我第一次見到他的時候也以為他是個了不起的國王。不過，經過好幾次的相處，這種形象破滅了。

進行魔法演習的學生離開後，接著換持劍的學生踏入廣場。

希雅說想當騎士的學生就在裡面嗎？

可能是因為有國王在，每個學生看起來都很緊張。對國王敬完禮後，學生開始進行一對一的比賽。不是所有人一起，似乎是分成幾組輪流進行。跟騎士對打的比賽聽說是在這之後才會開始。

我望向還沒有輪到的學生，只看到大概三個女生。

「女生果然很少呢。」

男學生大概有二十個人，女學生比較少。

「因為普通女生不會想當騎士嘛。她們也會被男性騎士討厭，所以很少有人會想當騎士。」

艾蕾羅拉小姐這麼告訴我。

「既然這樣，為什麼她們想當騎士？」

「那是因為王妃殿下結婚時有說，如果要有騎士隨身護衛，她希望是女性。在那之前，包括護衛騎士在內，騎士都只有男性。可是，因為王妃殿下的請求，開始有女性擔任護衛。」

也對，一般而言，是男性騎士比較有力氣，也大多比較強。雖然我不知道護衛會跟到哪裡，但一想到他們會隨時隨地相伴，我就覺得恐怖。

想到這裡，我就能理解王妃殿下的心情了。

「而在堤莉亞大人誕生以後，女性護衛的需求就更多了。所以，現在站在那裡的女學生都想成為堤莉亞大人的護衛騎士。」

堤莉亞的護衛騎士啊，這麼說我就能理解了。

雖然才認識兩天，但堤莉亞天真爛漫，對平民也很親切。每次堤莉亞到攤位露臉，大家都會露出高興的表情。堤莉亞明顯很受大家愛戴。

就算有學生想在堤莉亞身邊工作也不奇怪。

「這麼說來，希雅的朋友就是想當堤莉亞的騎士吧？」

「自從堤莉亞大人和她攀談以來，她就對堤莉亞大人相當著迷。她甚至揮劍揮到長血泡，一直努力練習到今天。所以比起國王陛下來看，她應該更高興堤莉亞大人有來吧。」

我還以為想成為騎士的女學生是在看國王，原來是在看國王身邊的堤莉亞啊。

「順便問問，魔法師不能當護衛嗎？」

我覺得魔法師應該也能當護衛才對。

「可以呀，一開始王妃殿下的護衛就是女性魔法師。可是，不會用魔法的人就只能成為騎士了。而且當敵人靠近時，劍比魔法更快。所以一般來說，魔法師和騎士會同時擔任護衛。」

這麼說來，希雅的朋友不會用魔法嗎？

一開始的比賽結束，接著換女學生出場。

「優奈小姐，那邊那個人就是我朋友——麗妮亞。」

對方是個頭髮偏短的女孩。麗妮亞舉起細劍，比賽開始了。

麗妮亞努力揮劍，跟男學生對打。

兩人的劍不斷交錯，但麗妮亞漸漸後退。

我重新觀察對手，雙方的體格果然有差距。騎士和士兵或許還是男性比較適合擔任。

然後，麗妮亞的比賽在單方被壓制的情況下結束，接著是下一場比賽。

「這位不是艾蕾羅拉閣下嗎？原來妳在這種地方參觀啊。」

我們看著學生的比賽時，一名身穿鎧甲的四十多歲男性向艾蕾羅拉小姐這麼說道。艾蕾羅拉小姐擺出不高興的表情。看到艾蕾羅拉小姐這張臉，男人的嘴角揚起笑容。

看到他的嘴角的瞬間，我想起來了。

他就是上次在城堡的騎士練習場用不懷好意的眼神看著艾蕾羅拉小姐和諾雅的男人。

「……路圖姆伯爵，為什麼你會在這裡？」

「那是因為志願成為騎士的學生的對手是由我們第三騎士團負責擔任。」

「可是根據我接獲的報告，應該是第四騎士團才對。」

「是嗎？應該是訊息的傳遞出錯了吧。」

他上揚的嘴角表示這是個謊言。

「對了，那位小姐就是艾蕾羅拉閣下的女兒希雅嗎？」

路圖姆看著希雅，嚇得她抖了一下。

「所以你特地來找我們到底有什麼事？率領騎士的你在這裡偷懶沒關係嗎？」

艾蕾羅拉小姐站到希雅前方，讓希雅稍微後退。

「艾蕾羅拉閣下恐怕沒有資格說我吧。因為我的部下都很優秀，我不在場也沒關係。我會來這裡是因為看到艾蕾羅拉閣下和希雅大小姐，想要再次請問兩位的意願。關於希雅大小姐和我兒子的婚約……」

「「「…………！」」」

路圖姆說出驚人之語。菲娜等人太過驚訝，完全愣住了。

婚約──也就是指結婚吧。

「我已經拒絕了吧。」

「我認為這是不錯的主意呢。」

「那是對你而言。而且這門婚事不是有個最大的問題嗎？」

「請問是什麼問題呢？」

「哎呀，你還不懂嗎？問題在於我討厭你。」

我能理解艾蕾羅拉小姐的心情，但這也太直白了。

「那還真巧呢，我也很討厭妳。」

「很高興我們有共識。」

他們對彼此發出「呵呵呵」的笑聲。

這兩個人是怎樣？

「那麼，既然我們都討厭彼此，孩子的婚事就算了吧。」

「對了，最近我聽說一個奇妙的傳聞，好像是克里莫尼亞在山脈挖了隧道，跟另一頭的海邊城鎮展開了交流呢。」

「哎呀，你是在哪裡聽說的？」

「既然是我兒子的未婚妻所在的城市，我當然要調查了。」

「哎呀，她什麼時候變成你兒子的未婚妻了？而且我們已經決定幫希雅招贅，她不會出嫁的。」

「沒問題，只要讓我兒子入贅就行了。羅蘭多家會扶持她的。」

「不需要。」

兩人之間火花四濺。

「可是，克里莫尼亞是怎麼挖出隧道的？也有傳聞說是有人發現了洞窟呢。」

「誰知道，我可不會告訴你。」

是我挖的。不過，既然他不知道，就表示情報操作得很成功，太好了。

「看在我們的交情，妳就告訴我吧。」

「哎呀，我們的交情不是很差嗎？」

「我的親人很受你們的照顧呢。」

「那是一場不幸的意外。」

「說得也是。畢竟是賊人入侵，殺了他嘛。」

兩人再次發出呵呵呵的笑聲。

我快要受不了了。

希雅和諾雅躲在艾蕾羅拉小姐身後，菲娜和修莉則抓住我的制服。

大人的陰險爭執對孩子們會有不好的影響。

「為了不再發生那種憾事，請接受我的兒子吧。」

「我心領了。而且克里夫會強化戒備，防止同樣的事情再發生。」

兩人再次浮現恐怖的笑容。

「那麼我來問問希雅大小姐本人吧。如果本人有意願，情況多少會改變。」

路圖姆露出笑容，看著艾蕾羅拉小姐身後的希雅。

「妳是否願意跟我的兒子結婚呢？他是很強的騎士，可以守護妳一輩子喔。」

「請、請容我拒絕。」

希雅有些害怕，但還是鼓起勇氣拒絕了。

「別這麼說嘛，還是可以見個面啊。」

「請你別這樣，我女兒很害怕。」

艾蕾羅拉小姐站在希雅前方，再度護著希雅。

對此，路圖姆把視線移到運動場。

「哎呀，我們騎士的比賽差不多要開始了呢。看過比賽之後，妳們或許也會改變主意。」

我們望向運動場，看見學生對騎士敬禮，然後開始比賽。

騎士擺出架式，但沒有主動攻擊，禮讓學生。可是學生一旦露出破綻，騎士就會反擊，雙方之間果然有明顯的實力差距。

像這樣看著練習賽，就讓我想起玩遊戲時玩家之間互相對戰的事。

攻擊特化型的每一擊都很可怕。若遇上防禦型，不管怎麼打都很難造成傷害。也有攻擊力很弱，動作卻很快的敏捷型。另外還有平衡型，或是使用特殊戰法的玩家。

根據能力值和裝備的不同，玩家可以創造各式各樣的戰法，非常有趣。真是令人懷念的回憶。

294 熊熊為了佛許羅賽家參加比賽

騎士與學生的比賽結束，雙方向彼此打過招呼後退場。

然後，下一組參賽者出場了。希雅的女生朋友就在其中。

「接下來是女學生要上場呢，希望她不會受傷。」

路圖姆露出討人厭的笑容。

「你該不會……」

「這可不是因為妳拒絕了婚約。我會接下這份工作，是因為聽說有女性想成為騎士，但騎士是男人的工作。」

「你還在說這種鬼話嗎？女性騎士已經得到認可了。」

「幾乎所有的女性騎士都是有名無實，根本派不上用場。我可不能讓那種人得到騎士的名號。」

看來路圖姆對女性當上騎士的事相當不以為然。

「考量到堤莉亞大人和芙蘿拉大人，女性騎士有必要存在。這是國王陛下決定的事，你想唱反調嗎？」

嗯～可是我隱約能了解路圖姆想表達的意思。

看比賽就能知道，男性能做到強而有力的戰鬥方式，而女性缺乏力量。可是，女性雖然力氣小，卻有速度，用其他手段彌補力量的戰鬥方法多得是。所以，我並不贊同騎士只有男性能勝任的說法。

「可是，在國王陛下面前把志願成為騎士的女學生徹底擊垮，他會怎麼想呢？」

「路圖姆伯爵……」

「而且要是選手受傷，或許就不會有女性想成為騎士了吧？」

「麗妮亞！」

希雅對廣場大叫。希雅的視線前方是麗妮亞對騎士舉劍的身影。

「希望妳女兒的朋友不會受重傷。」

「你該不會是在威脅我們吧？」

「我沒有那個意思。我只是想讓國王陛下了解現狀而已。」

路圖姆露出笑容。

「可是，萬一選手受傷了，你也要負責任。」

「當然了，我會誠摯地道歉。我會說，因為對手太弱了，所以很難手下留情。既然要成為騎士，就應該更強一點。不過，我也會同時建議國王陛下限定僅有男性能成為騎士，女性護衛有魔法師就夠了。」

麗妮亞的劍被騎士的攻擊打飛，使她痛得按住自己的手。不過，她咬緊牙關，把劍撿起來，重新拿好。

「她能撐到什麼時候呢？」

「你這個……」

「比賽結束時，她這輩子或許就再也舉不起劍了呢。」

路圖姆看著艾蕾羅拉小姐，露出不懷好意的笑容。

我好想揍那張笑臉。

我可以揍他嗎？

可是，要是那麼做，應該會給艾蕾羅拉小姐添麻煩吧。

唔唔唔唔，我好煩惱。這份怒氣到底該發洩在哪裡呢？

為了能隨時行動，我小聲叫抓住我的制服的菲娜和修莉往後退。

「那麼我們來做個交易吧。如果妳願意答應婚約，我就吩咐部下住手，如何呢？」

「你覺得我會接受這麼不合理的條件嗎？」

「可是妳女兒似乎不這麼想呢。」

艾蕾羅拉小姐馬上拒絕，但希雅正看著麗妮亞。

我望向麗妮亞和騎士，騎士看似擋住麗妮亞的攻擊，其實用力彈開了她的劍。

然後，這次騎士猛然往下揮劍。麗妮亞立刻用劍抵擋，卻無力承受第二擊、第三擊的強勁揮砍，手中的劍也被打落。她一臉痛苦地輕撫自己的手。

但她忍住手的痛楚，撿起劍後站了起來。於是，比賽再度開始。這次騎士使勁用身體衝撞，想靠蠻力壓制。麗妮亞節節敗退。

我差不多快到忍耐的極限了。

「還是說，希雅大小姐要代替她上場比賽呢？如果能獲勝的話，我保證今後不再對想成為騎士的女學生說三道四。可是，如果希雅大小姐輸了，就要跟我的兒子訂婚，妳覺得如何呢？」

不可以答應這種要求。

希雅不可能獲勝的。

「這……」

「另外，讓我的小兒子跟身為妹妹的諾雅兒大小姐訂婚怎麼樣？姊妹倆都與同一個家族訂婚，妳不覺得很棒嗎？」

一聽到自己的名字，諾雅的身體顫抖了一下。

談話內容正在往不好的方向前進。

嗯，我忍無可忍了。

「只要我贏過那個騎士，你就保證再也不對女性騎士出手嗎？」

「希雅！」

艾蕾羅拉小姐大叫。

「我保證。不過若妳輸了，就要答應訂婚。」

太骯髒了。

這就像是擄人勒贖一樣。

「我要代替麗妮亞……」

在希雅說完之前，我拉住她的手，不讓她繼續說下去。

「希雅，我會代替她戰鬥的。」

「優奈小姐？」

我已經忍無可忍了。

我絕不允許任何人逼希雅和諾雅結婚。

「這位小姑娘是誰呢？這是佛許羅賽家和羅蘭多家的問題喔。可以請妳這個無關的人不要插嘴嗎，小姑娘？」

我當然拒絕。

「艾蕾羅拉小姐，可以交給我嗎？」

「優奈……」

我不願意想像希雅跟這種男人的兒子結婚的樣子，更別說連諾雅都會遭殃了。要是希雅跟這個男人的兒子結婚，克里莫尼亞就要變成他的東西了。

那個城市有我的家和我的店，還有孤兒院的孩子們。我可不能讓這種男人對我的城市為所欲為。那是我的城市。

艾蕾羅拉小姐依序看向正在比賽的女生、我、希雅和諾雅。

「我知道了，這件事就交給優奈吧。」

艾蕾羅拉小姐站到路圖姆面前。

「我們接受你的挑戰。只不過，我要更改條件。如果她輸了，我就辭去現在的職務。」

聽到艾蕾羅拉小姐提出的新條件，路圖姆難以置信地瞪大眼睛，看著艾蕾羅拉小姐。

「你很看不慣我待在國王陛下身邊吧？要是她輸了，我就回克里莫尼亞。這個條件對你來說已經很好了吧？」

聽到艾蕾羅拉小姐這麼說，路圖姆的臉上浮現笑容。

「希望妳這番話是認真的。妳想把自己的地位賭在這種小丫頭身上嗎？」

路圖姆帶笑地看著我。

「沒錯，我要賭在她身上。要是她輸了，我就辭職。不過，我也要你賭上職務。如果她贏了，你就放棄騎士團長的地位，如何？」

「呵呵呵，啊哈哈哈！好吧，我接受這個條件。請別忘了妳剛才說過的話。」

「你也是。」

路圖姆高聲大笑。

總覺得事情好像鬧大了。

「羅塔斯！住手！」

路圖姆這麼一喊，正在跟麗妮亞戰鬥的騎士便停止動作。看到這一幕的希雅鬆了一口氣。

「那麼，口頭約定不足以信任，我們就請國王陛下擔任證人吧。」

路圖姆笑著邁步。

「優奈，抱歉把妳捲進來。這件事本來是我的責任，但路圖姆也握有一定程度的權力。」

路圖姆一離開，艾蕾羅拉小姐便向我道歉。

「沒關係啦。我可以做到什麼程度？」

我對空氣揮拳，做出毆打對手的動作。

「妳想怎麼戰鬥都可以。反正就算輸了，也只有我會失業而已。到時候我會回到克里莫尼亞幫忙克里夫的工作。」

「不行，那樣的話，我就要一個人待在王都了。」

面對樂觀的艾蕾羅拉小姐，希雅難過地這麼說。

「那我就非贏不可了。」

我對希雅微笑，讓她安心。

「可是，妳絕對不能大意喔，他們好歹也是優秀的騎士。」

當然了。在沒有熊熊布偶裝的狀態下，我等於毫無防禦力。我絕對不會大意。

況且這場比賽關係到艾蕾羅拉小姐的工作，我絕對不能輸。

我們追上路圖姆，走到國王面前。

「你們倆是怎麼了？」

「我們有事想拜託國王陛下。」

路圖姆用畢恭畢敬的表情向國王說：

「屬下與艾蕾羅拉閣下決定賭上彼此的職務進行比賽，懇求國王陛下擔任比賽的見證人。」

「賭？」

國王皺起眉頭。

「是的。若我的騎士獲勝，艾蕾羅拉閣下將辭去職務；若我的騎士落敗，我則會辭去現在的職務。」

「要是輸了，我會回到克里夫那裡，請見諒嘍。」

艾蕾羅拉小姐用樂觀的口氣這麼說。

艾蕾羅拉小姐該不會很想回去克里莫尼亞吧？

「身為國王，我不允許你們擅自決定這種事。」

嗯，正常來講是這樣沒錯。

「可是，辭職應該是本人的自由。」

本人的確有辭職的自由。

國王看了我一眼。因為他好像是在問「是妳要戰鬥嗎？」，所以我微微點頭。

「那麼，是誰要跟誰比賽？」

國王這麼確認。

「我要從騎士之中派出菲格。」

「我要派她上場。」

艾蕾羅拉小姐看著我。

國王看著我的臉，露出「果然如此」的表情。

「國王陛下，能請您相信她嗎？」

艾蕾羅拉小姐和國王好像正在用眼神對話。

和艾蕾羅拉小姐之間的眼神對話結束後，國王轉頭看著我，然後稍微思考了一下，開口說道：

「妳叫什麼名字？」

名字?你明明就知道。國王該不會是老年痴呆了吧?

「國王陛下是為妳著想。要是當眾說出本名，妳也會很困擾吧。」

艾蕾羅拉小姐小聲告訴我。

啊啊，原來是這麼回事啊。

我終於理解國王的用意，開始思考要報上什麼名字。

可是突然叫我取假名，我一時之間也想不出來。

「我叫做優、優……優娜。」

聽到我報上的假名，國王露出傻眼的表情。

我一時之間想不到什麼假名啦。

「優娜啊，妳真的要跟騎士比賽嗎？」

「這是為了我的朋友——希雅大人。」

因為周圍還有其他人在看，所以我在身為貴族的希雅的名字後面加上敬稱。

「我知道了，我就見證這場比賽吧。」

「謝國王陛下。」

路圖姆低頭露出笑容。

嗯～光是這樣實在難消我心頭之恨。

光是跟騎士比賽，我揍不到這個男人。

「國王陛下，我可以說一句話嗎？」

「什麼事？」

我主動發言，在場的所有人都很驚訝。

「路圖姆……大人似乎很輕視女性，不想讓女性當上騎士。」

雖然我很不想尊稱這個男人，但畢竟是在國王面前，所以這次我用敬稱來稱呼路圖姆。

「那是當然的，騎士是男人的工作。」

路圖姆立即回應我的發言。

「女性很弱小，不適合擔任騎士。從剛才的比賽就能看出，女性的力量明顯劣於男性。如果國王陛下也想守護堤莉亞大人與芙蘿拉公主的生命安全，就應該讓男性騎士擔任護衛。」

「我已經說過好幾次了，決定權在我的兩個女兒手上。」

「此事人命關天啊。」

「關於這一點，我有個提議。」

聽到我這麼說，國王和路圖姆轉過頭來看我。

「如果我贏過路圖姆……大人派出的騎士，請也讓我與路圖姆大人進行比賽。如果我能勝過路圖姆大人，就請您禁止路圖姆大人再說出中傷女性的言論。」

我很不想尊稱這種男人，但也只能忍耐。

周圍還有國王和其他人在，所以我盡量保持禮貌的口吻，卻很不習慣。

「區區學生，竟然想跟身為騎士團長的我戰鬥？」

我對路圖姆的發言充耳不聞，向國王提出建言。

「並非所有女性都很弱小，其中也有經過訓練就能變強的女性。從不加以培育，就這麼捨棄她們是不對的事。」

「與男性騎士不同，培育女性騎士費時費力，只是浪費時間。」

路圖姆否定我所說的話。

男性有擅長的工作，女性也有擅長的工作。

可是，這並不以男女為限。

不管是什麼職業，將有才能和沒有才能的拿來做比較，是培育前者比較輕鬆。

玩遊戲也一樣，有些玩家很快便上手，也有些玩家不管怎麼學都學不會。如果要組隊的話，任何人都會選擇前者。

初期能力值較高的玩家和較低的玩家相比，大家都會跟較高的玩家組隊。

我知道路圖姆想說什麼。可是，我不喜歡輕易拋棄他人的做法。

成長也許有快慢之分，但人是會學習的生物。

所以，我不希望女性騎士失去出路。

我向國王請願。

「如果我贏了，那就請路圖姆大人改變自己的態度，並認可女性騎士。如果抱持否定態度的路圖姆大人轉而支持女性騎士，人們的看法或許也會改變。可是，如果路圖姆大人依然不改輕視女性騎士的態度，到時候就請國王陛下予以懲罰。」

看似平民的我提出懲罰貴族的主張，周圍的人便開始議論紛紛。

「路圖姆，你怎麼回應優娜的要求？」

「呵呵呵呵，不好意思，因為這番言論實在太蠢了，我止不住笑意。當然了，我接受這個條

件。那麼，如果妳輸了，妳打算怎麼辦？」

「面對我這種沒有勝算的女學生，難道您還想要求獲勝時的獎賞嗎？」

我用有點柔弱的語調這麼說道。

路圖姆看了看國王和周圍民眾的臉。

在國王面前，路圖姆應該也沒有臉向我這個學生提出要求。因為不管怎麼看，路圖姆的陣營都比較占上風。我必須先勝過騎士才能挑戰路圖姆。光是如此，情況就對我不利了。

「也對，為了向妳的勇氣表示敬意，我就不在妳落敗時有所要求了。反正妳也不可能勝過菲格。」

那大概是自認強者的自滿吧，路圖姆用游刃有餘的笑容接受條件。

「請不要忘了您說過的話。」

路圖姆接受的時候，知道我有多少實力的國王和艾蕾羅拉小姐露出了傻眼的表情，不認識我的人則一臉困擾。

可是，在場的所有人都是這場比賽的證人。

這麼一來，我就可以光明正大地擊垮這個令人不爽的大叔了。

295 熊熊準備上場比賽

結束與國王的談話，我回到希雅身邊，她便低著頭靠近我。

「優奈小姐，那個，對不起，都是因為我的關係。」

「這不是希雅的錯。」

要怪就怪不顧慮小孩意願的大人——路圖姆吧。

諾雅、菲娜、修莉也跟希雅一樣露出不安的表情。

「可是……」

「希雅，我們是朋友吧？」

我確認似的問道。

我祈禱她不會說「不是」或「我沒有會打扮成熊的丟臉朋友」，靜靜等著她回答。

「優奈小姐是我很尊敬的人。」

她的回答跟我想的不一樣。

「妳這麼強，又會做菜，還知道很多事，願意保護我。可是，如果優奈小姐當我是朋友，我會很高興的。」

太好了。

我好像可以認定我們是朋友。

「既然這樣，就像希雅想保護麗妮亞這個朋友，我保護希雅這個朋友也是理所當然吧？」

「……優奈小姐，謝謝妳。」

希雅用滿臉笑容回應我。

「姊、姊姊大人太賊了。優奈小姐，我也是妳的朋友吧？」

諾雅抱住我的手臂，仰望著我這麼問道。

別用這種眼神看我啦。

「諾、諾雅比較像是妹妹吧？」

「妹妹嗎？」

「嗯，算是有點任性的可愛妹妹吧？」

「任性……我才不任性呢。優奈小姐好過分。」

諾雅鼓起臉頰抗議，但她的臉看起來像是在笑。

看著我們的希雅就像是不想被我搶走諾雅似的，抱住了她。

「優奈小姐，諾雅是我的妹妹耶。就算優奈小姐是我的朋友，我也不會交出諾雅的。」

「姊姊大人，妳抱得太緊了啦。」

看到諾雅呼吸困難的樣子，我和希雅相視而笑。

「雖然諾雅被搶走了，我還有兩個可愛的妹妹喔。」

我抱住菲娜和修莉。

「優奈姊姊！」

「優奈姊姊！」

被我抱住的兩人露出呼吸困難的表情。

不過，這段互動讓大家的不安表情都消失了，臉上浮現笑容。好了，要是輸掉比賽，她們就會露出悲傷的表情，所以我一定要贏。

我轉頭望向比賽場地，路圖姆正在指示騎士團員退場，只留一個人在場上。

因為事出突然，周圍的人開始議論紛紛。

賭注的事沒有公開，圍觀群眾和學生只知道接下來要舉辦特別賽。

因為如此，正要離去的人們也停下腳步。

路圖姆對留下的騎士說了些什麼。

那個騎士就是我的對手嗎？

「艾蕾羅拉小姐，那個騎士很強嗎？」

「很強喔。在路圖姆的騎士團中，他或許是最強的。看來對方一點也沒有要手下留情的意思。」

既然是在路圖姆的騎士團中最強的，就表示他不是全國最強的。

不過，既然路圖姆從自己的騎士團中派出了最強的騎士，就表示他面對外表很弱的對手也不會大意。

當然了，不管對手是誰，我都不會大意。

「對了，國王陛下剛才說了什麼？」

跟路圖姆的談話結束之後，國王用眼神叫艾蕾羅拉小姐留下來，等到路圖姆離開才跟她說了一些話。

「他只是說我『自作主張』，訓了我一頓。他還說：『給我想想妳辭掉工作會造成多少困擾！』」

也對，這樣擅自賭上自己的去留，當然會挨罵了。

就算是常常偷懶的艾蕾羅拉小姐，對國王來說也是很重要的部下吧。

說來說去，他們倆的感情還真好。

「就我個人而言，其實回到克里莫尼亞也沒有關係。那樣一來，我就可以吃到優奈的料理了。」

我的料理應該不是她願意回到克里莫尼亞的真正理由吧？

如果真的是那樣，克里夫就太可憐了。

「另外，國王陛下還問我：『優奈真的贏得了吧？』」

「這個嘛，那就要試試看才知道了。如果那個騎士比蠕蟲或黑蝰蛇還要強，我搞不好會輸。」

我沒有跟騎士戰鬥過，所以也無從回答。

「優奈，妳拿來比較的對象太奇怪了。」

請不要用這種傻眼的表情看著我。我就是到現在還搞不懂這個世界的人對強弱的標準嘛。

然後，我看著對手，這才注意到武器的事。

「艾蕾羅拉小姐，比賽要用哪一種劍？」

我持有的劍只有一開始撿到的勇者之劍「檜木棒」而已，另外就只有便宜的劍和祕銀小刀。既然要跟騎士戰鬥，我總不能用小刀吧。

「這畢竟是練習賽，所以是用練習用的劍。希雅，妳可以去借一把來嗎？」

希雅點點頭，跑去替我拿練習用的劍。

看來不用擔心武器的性能造成差異了。

然後，希雅跟朋友麗妮亞借了劍給我。

「優奈小姐，這個就是練習用的劍。這是麗妮亞的劍，同樣是女生的優奈小姐應該也用得來。」

「謝謝妳。」

我從希雅手上接過劍，從劍鞘中拔出。可能因為是麗妮亞的劍，劍身比其他騎士還要短且細。不過我的身高本來就比較矮，這個尺寸剛剛好。

為了確認劍的手感，我輕輕試揮。我往右、往左、往下、往前揮劍，重複幾次同樣的動作，最後旋轉劍身，收回劍鞘。

嗯，沒問題。我的身體還記得。雖然很久沒拿劍了，但我沒有忘記。

「優奈小姐，妳真厲害。」

「優奈姊姊好帥。」

孩子們用尊敬的眼神看著我。才這點程度就被誇讚，讓我感覺有點不好意思。

「優奈，差不多可以上場了嗎？路圖姆已經在等了。」

我點頭回應，輕拍三個小女孩的頭。

「好了，我要上場了。」

我準備完畢，走向騎士所在的廣場中央。

一看到我登場，周圍一片譁然。而且，主持人還把我介紹成學校的女學生代表。四周傳來各式各樣的聲音。

「那是誰？」「我沒看過那個女生。」「那麼嬌小的女生是女學生代表？」

看來路圖姆是想要降低女性的地位，才故意把我說成女學生代表。

他大概是覺得身為女學生代表的我如果慘敗，就能向世人大肆宣傳女性就是弱者的觀點了吧？

可是，我倒覺得打倒我這種（大多數人都認為）嬌小的女生也沒有什麼說服力。

就算我輸了，大家也只會覺得理所當然吧。

可是不論如何，我都不打算輸。

我站到騎士面前，頭頂大概到騎士的胸口附近。他很高大，我要抬起頭才能看到他的臉。

年紀大概是二十五歲左右吧？

騎士身穿鎧甲，左手還拿著盾牌。他的劍收在劍鞘裡。

「喂喂，那麼嬌小的女生沒問題嗎？」

「體格差那麼多，根本不用比了吧？」

「而且她沒穿防具耶。」

在一旁觀摩的學生發出擔心的聲音。

對手穿著防具，我卻穿著制服。

我的防具就是熊熊服裝，但現在不能穿。

「小姑娘，妳的防具呢？」

騎士這麼問我。

「我不會被打中，所以沒必要穿。倒是你，穿著那麼重的防具沒關係嗎？」

他拿著盾牌，還穿著鐵製鎧甲，看起來很笨重。可是，這也就表示他的防禦力很強。攻擊時應該要瞄準關節部分或是腳吧。

騎士看著我的裝扮，稍微思考後開口說道：

「也對，我不希望妳輸了之後又以鎧甲為由耍賴，我就以同樣的條件戰鬥吧。」

騎士的反應出乎意料，讓我很驚訝。

「菲格！」

路圖姆因為騎士的自作主張氣得大叫。

「你知道這場比賽有多重要嗎！」

「路圖姆團長，我都明白，所以才會這麼說。既然這女孩是艾蕾羅拉閣下派出的選手，那就不可能是弱者。從她的嬌小體格看來，動作應該很快。既然如此，我認為自己也應該採取輕便的裝備。要是穿著鎧甲，或許就無法應付了。」

聽到騎士這麼說，路圖姆看著我。

「說得也是。既然艾蕾羅拉信任她的實力，這麼想或許沒錯。你可不要大意了。」

騎士取得路圖姆的許可，然後呼喚其他騎士，把盾牌交給別人，並脫下鎧甲。

改成輕便的裝扮後，經過鍛鍊的體格顯露出來。看到這副模樣，人們或許也會覺得女性不適合當騎士。

可是，戰鬥的勝負並不只取決於力量，雖然那也有時會成為輸贏的關鍵啦。

「我勸妳別以為我的動作很慢。」

「就算脫掉鎧甲，你也別想跟上我的速度。」

我也對騎士提出相同的忠告。騎士聞言，只說了一句「我知道了」。

這個騎士好像跟路圖姆不同，言行舉止都充滿騎士精神。可是，他恐怕不會手下留情。或許就是因為如此，他才會主動要求用同樣的條件戰鬥吧。

如果他表現出瞧不起我的態度甚至口出惡言，我就可以在戰鬥中發洩壓力了。可是就算如此，我也不會手下留情。

不過，面對這種人，打起來的確不太自在。

「小姑娘，很抱歉，路圖姆團長禁止我手下留情。我建議妳在受傷前自行認輸。」

「謝謝你的忠告，可是我心領了。」

我懷念起玩遊戲的時光。當時我也跟這種肌肉發達的男人交手過。雖然對艾蕾羅拉小姐等人有點不好意思，但我開始樂在其中了。

「真是個奇怪的小姑娘。普通人會害怕，甚至因此發抖呢。」

我剛才好像露出笑容了。

「因為我絕對不能輸。」

「我也一樣。」

彼此都輸不得的比賽。

我是為了艾蕾羅拉小姐和希雅。

騎士為了名譽，不能輸給我這樣的女孩子。

「那麼，比賽即將開始。禁止針對頭部的危險攻擊。」

我是沒有，但攻擊男人的重要部位也不行吧？

那個地方是男人的要害，身為女生的我不懂，不過聽說被打中會非常痛。

「還有，我們一喊停，比賽就結束。」

「那麼，準備開始吧。」

我們回應，拉開彼此的距離。

擔任裁判的路圖姆和艾蕾羅拉小姐也退開。

為了確保比賽公正，裁判有兩個人。

要是只讓路圖姆當裁判，比賽一定會有很多弊端，艾蕾羅拉小姐的判定或許也會有點模糊。

兩個人一起擔任，應該就不會不公平了。

「趁著小丫頭還沒受傷，妳最好早點喊停。」

「那是我要說的話。現在認輸的話，我還能當作你是為了禮讓女士而故意輸掉喔。」

兩名裁判開始鬥嘴。

騎士與我的比賽還沒開始，場外亂鬥就已經開打了。

「可是，優奈，妳不可以勉強自己喔。反正輸掉也只是我要回克里莫尼亞而已，妳不用考慮責任的事。別忘了還有一群孩子正在擔心妳。」

「菲格，沒必要手下留情。證明騎士是男人的工作吧。」

兩人說完之後，我和騎士舉起手上的劍。

296 熊熊和騎士比賽

比賽的信號響起的同時，騎士向我跑來，縮短彼此的距離。我也不打算觀望情況，對手卻比我更早採取行動。

騎士逼近到我面前，然後高高舉劍。因為身高差距，感覺就像有劍從上方落下。騎士從上方揮劍，我則從下方出劍抵擋。

劍與劍撞擊的高亢聲音在廣場上響起。聲音之大，可見對方並沒有手下留情。

嗯，我接得住，沒問題。

我一開始就打算接住對方的第一擊。根據能承受與否，我會改變自己的戰略。

「不會吧，小姑娘，我的劍應該沒有弱到能輕易抵擋才對。妳的手臂到底是怎麼回事？」

灌注力氣的一擊被我接住，騎士的臉上浮現驚愕的表情。看來他原本真的打算靠這一擊就結束比賽。

騎士用更強的力道企圖壓制我，我卻沒有因此退縮。我反過來以劍使力，稍微往前一推，騎士就往後輕跳，逃離我的攻擊範圍。

這個瞬間，周圍的觀眾發出歡呼。

我只是接下一擊而已，沒必要這麼興奮吧。

可是這樣一來，我就知道自己能承受對手的攻擊了。這也是多虧有熊熊玩偶手套。

接下來的問題是如何應付騎士的攻擊，並用我的攻擊打中他。

騎士緩緩逼近我。

這次我試著主動攻擊。我用劍從下往上使出刺擊。可是，騎士輕易擋開這一劍，迅速向我發動攻擊。我扭動身體閃避，再順勢利用扭動的力量橫向揮劍。騎士往後退開，劍身只劃開空氣。

雖然只是一瞬間的攻防，但對方果然很強。

「呵呵，啊哈哈哈！」

騎士笑了。

「不愧是艾蕾羅拉閣下派來對付我的選手。小姑娘，妳到底是什麼人？身為學生還能抵擋甚至躲開我的攻擊。」

「你還不是躲開我的攻擊了。」

正常來講，我的攻擊應該能打中，他卻躲開了。以遊戲而言，他的劍術或許有高階玩家的水準。

「如果穿戴鎧甲和盾牌，我就躲不開了。」

「那樣的話，你應該會用盾牌擋住吧。」

如果是這位騎士，肯定會用盾牌防禦。

「菲格！對付一個小丫頭要花多久時間？快點打倒她！」

「雖然那個男人那麼說，但我可不會輕易被擊倒。」

我重新舉劍。

「那麼，妳能接下這一招嗎？」

為了應付對方的攻擊，我往後拉開距離，騎士卻逼近了我。我往右側奔跑，騎士也跟了上來。

嗯～因為脫掉鎧甲的關係，他的身手變輕盈了嗎？

用熊熊鞋子認真跑的話，我就能輕鬆拉開距離，但那樣就沒有意義了。我停下腳步，準備迎擊。

騎士用劍突刺，我躲開了。攻擊不只一次，他連續發動了好幾次攻擊。我仔細觀察他的劍勢，然後閃避。

他露出破綻的時候，我會發動反擊。彼此的劍術攻防不斷持續。

刁鑽的攻擊向我襲來。我往旁格開騎士的劍，在他的身體重心偏移的時候往腳部一踢，可是騎士旋轉身體，躲開了我的踢擊。

「這是在開玩笑吧？竟然全都擋住了。而且不只是躲開，甚至能反擊。」

能接住他的劍是多虧熊熊玩偶手套的力量，但格擋、閃避、踢擊的動作是我在遊戲中習得的

技術。

話說回來，他竟然能在那種狀況下躲開踢擊？

我還以為一定能踢中。

「我差一點就被那雙可愛的鞋子踢到了。」

「如果你被踢倒，比賽就結束了。」

「或許是我的錯覺，妳的那一踢讓我覺得很恐怖呢。」

我瞄準重要部位的事情被發現了嗎？

看來攻擊男人的弱點似乎行不通。

我深呼吸，然後主動發起攻勢。

我向騎士跑去，從下往上揮劍。騎士以往下敲打的動作擋住這一劍。我接二連三地發動攻擊，可是我的攻擊全都被擋住了。

我很想用熊熊玩偶手套的力量打飛他，卻還是忍住了。我必須靠手套的力量接住劍，可是如果連其他方面都不能在同樣的條件下獲勝，就沒有意義了。

騎士擋住我的攻擊，然後使勁揮出一劍。只要擋下這一劍，騎士就會露出很大的破綻。我傾斜劍身，格開騎士的攻擊。

騎士的劍往下偏移，我朝毫無防備的身體揮劍。

到此為止了。

我這麼想，但騎士伸出右手抓住我的手臂，就這麼把我扔了出去。體重輕的我被他拋向空中。

看來他是在劍被擋開的同時從原本的雙手持劍改成了左手持劍，用空出來的右手抓住我，然後扔了出去。

我扭動身體著地，同時邁步奔跑。因為勉強把我扔了出去，騎士的身體失去平衡。

沒想到我能著地的騎士慢了一步。我用劍使出刺擊，騎士在失去平衡的狀態下用劍彈開我的攻擊。他不只是彈開我的劍，還踏穩腳步，對我揮劍反擊。

我後退半步，躲開攻擊。騎士還想要揮劍，劍卻不動，於是他望向自己的劍。他的劍上有我的腳。因為我用腳踩住騎士的劍，所以他揮不動。

我舉劍朝騎士揮。騎士放開自己的劍，試圖往後躲。

別想逃。

我放開熊熊玩偶手套握住的劍，用這隻手抓住騎士的手臂。騎士試圖甩開我的手，但我把他扔了出去。

騎士迴轉，背部著地。

我對騎士說道：

「是我贏了。」

「是我輸了。」

騎士認輸的瞬間，原本鴉雀無聲的現場爆出一陣歡呼。

「菲格！你怎麼可以輸給這種小丫頭，簡直是騎士之恥！」

路圖姆跑到騎士面前，對他怒吼。

「我很抱歉。不過，路圖姆大人應該也看到了，她非常強，您不可能看不出來吧。」

「我應該說過了，你無論如何都要贏。」

「我已經竭盡全力。即使如此，我的實力依然不敵她。我的攻擊全都被她接住或是躲開了。她的攻擊很精準，應對能力也很強。不論哪個方面，她都具有稱得上一流的實力。」

「開什麼玩笑！」

路圖姆握緊拳頭，作勢要毆打騎士，所以我從路圖姆後面輕踢他的屁股。路圖姆失去平衡，往前傾倒。

「做什麼！」

「你還記得約定吧？」

路圖姆一臉不甘心地瞪著我。

「這次輪到你了。」

「妳這種小丫頭……」

「你該不會想逃吧？還是說你很怕在眾人面前輸給我這種小丫頭？」

「小丫頭囂張什麼？好吧，我就按照約定來對付妳。」

下一場比賽會在短暫的休息後舉行。

「要是妳輸了又拿疲勞來當藉口，那就傷腦筋了。」

不知道路圖姆是因為體貼、自尊，還是想爭取擬定策略的時間，總之我得以暫時休息。

「優奈，妳要小心喔。路圖姆雖然個性上很有問題，但是實力真的很強。」

「既然如此，他不必派出剛才的騎士，自己上場不就好了？」

那樣一來，獲勝的機率還比較高。這可是賭上自身職務的重要比賽，如果他自己是最強的，明明就可以親自上場。他為什麼要交給別人呢？

「那是因為菲格的實力堅強，而且路圖姆也沒想到他會輸給一個女孩子。不知道這個廣場究竟有幾個人認為優奈會贏呢。」

也就是說，他覺得不用自己出馬也能勝過我這種程度的對手吧。他沒學過不能以貌取人這句話嗎？

我正看著路圖姆的時候，剛才跟我對戰的騎士走了過來。

「艾蕾羅拉閣下，這女孩究竟是什麼人呢？」

騎士看著我，這麼問道。

「她是我女兒很重要的朋友。」

「我並不是那個意思。老實說，她能用那雙纖細的手臂接住我的劍，我實在感到很不可思議。」

這都是多虧有熊熊玩偶手套。

「而且她的劍法彷彿經歷過無數次實戰。沒有大量的實戰經驗是不可能有此等身手的。」

我在「遊戲時代」就跟許多人對戰過，對手都是擁有各種技術的玩家們。對戰的結果是有輸有贏，這些經驗在剛才的比賽中派上了用場。

「我也對她的身手很驚訝呢。」

「小姑娘，這是一場很有趣的比賽。不過，我建議妳謹慎面對路圖姆大人。可以的話，我很想說服妳棄權……」

「我不打算棄權。」

「我就知道妳會這麼說。希望妳不會受傷。」

騎士留下忠告，然後離去。

297 熊熊和路圖姆比賽

「優奈，路圖姆在叫妳。體力還可以嗎？如果妳還想休息，我去跟他說一聲。」

「不用了。」

我沒有使用魔法，而且多虧熊熊手套的關係，就算拿劍也不會累。因為穿著熊熊鞋子，我的腳也不覺得疲勞。真要說的話，只有精神方面有點疲勞。久違的對戰雖然很好玩，但因為缺乏熊布偶裝的防禦力，我不能亂來。我必須謹慎應付對手的攻擊，這比想像中還要消耗專注力。

除此之外就沒什麼問題了，所以我走向路圖姆。

路圖姆跟剛才的騎士一樣脫掉了鎧甲，一身輕裝。看來他很清楚笨重的裝備對自己不利。

「準備好了嗎，小丫頭？」

「隨時都可以開始。」

「我馬上就擊垮妳那張充滿自信的臉。」

「那麼如果我贏了，你就要讓我揍你的臉。」

「前提是妳贏得了我。我給妳一個忠告——妳有弱點。菲格似乎手下留情了，但我可沒有那麼寬容。」

手下留情？

我被放水了嗎？

我望向騎士。一想到那個騎士可能沒使出全力，我就覺得有點遺憾。

果然是因為我是女生嗎？

「既然如此，只要贏過沒有手下留情的你就沒問題了吧。」

「如果妳能勝過我的話，我就認可女性騎士，讓妳跟我的兒子訂婚。」

咦，什麼？為什麼贏了還要接受處罰？

一般來說，贏家應該要有好處吧。

所以，我要拒絕這種處罰。

「我才不要呢。」

「平民能跟貴族的兒子訂婚，妳應該感到光榮！」

我才不覺得光榮呢。而且你先前不是想讓兒子跟希雅和諾雅結婚嗎？

我內心的吶喊沒有傳遞出去，比賽就在艾蕾羅拉小姐的口號之後開始了。

比賽一開始，我們便展開劍術的攻防。

我借助熊熊玩偶手套和熊熊鞋子的力量，應付路圖姆的劍。我格擋他的劍，扭動身體閃避。

巧妙抵銷攻擊力道的戰鬥方式是我本來的風格。

因為我在遊戲時代玩的是魔法劍士，跟力量型比力氣也贏不了，自然就發展出以閃避和格擋為主的戰鬥方式了。

「這招也躲得掉嗎！」

路圖姆笑了。

如果沒有跟剛才的騎士比賽，我或許應付不來。路圖姆這傢伙確實有兩把刷子，比剛才的騎士還要強。

「我實在沒想到像妳這樣的小丫頭會這麼強，剛剛看比賽的時候就這麼想了。」

路圖姆的臉上掛著笑容。他該不會是戰鬥狂吧？

我們躲避、格擋、接住彼此的劍。如果有破綻，我們也會用腳或空著的手發動攻擊。

我不知道這場攻防持續了多久。

國王、觀眾和艾蕾羅拉小姐靜靜地看著比賽。

我躲開劍，路圖姆便出腳一踢。我用白熊玩偶手套架開路圖姆的腳，打亂他的重心。我反過來踢他一腳，卻沒有踢到。

這絕對不是因為我的腳短，我只是有點矮而已。

「真有趣啊，小丫頭。」

我很不想贊同他，但我的確也樂在其中。

「不過，我剛才也說過了，妳有弱點。」

路圖姆一邊攻擊一邊對我說話。託熊熊手套的福，我在力量方面沒有弱點。路圖姆擋下了我的劍，他不可能不知道這一點。

我的速度和劍術也沒有輸給他。

那麼，我的弱點到底是什麼？

我正在思考的時候，路圖姆的動作改變了。他先前一直是用雙手持劍，現在則是單手持劍。

路圖姆沒有拿劍的左手聚集了風。

來得及嗎！

「妳的弱點就是不會用魔法！」

路圖姆伸出左手。

我往後彎腰，躲開路圖姆用左手放出的風魔法。

然後我往後踏步，拉開距離。

「剛才那招也躲得開？」

路圖姆用錯愕的表情看著我。我才覺得錯愕呢。

「等、等一下，用魔法是犯規的吧？」

我這麼指控路圖姆。騎士使用魔法是犯規的。而且這是劍與劍的比賽，用魔法也太沒品了。

「說什麼傻話？優秀的騎士也會使用魔法，騎士本來就是如此。」

對於我的抗議，路圖姆斷然說道。

「是嗎？」

聽見路圖姆的發言，我向艾蕾羅拉小姐確認。

「是呀，使用魔法也沒問題。就算是騎士，能用魔法的人還是會用的。」

艾蕾羅拉小姐用「妳在說什麼呀？」的表情看著我。

我怎麼會知道這個世界的常識啊。騎士不就是只用劍戰鬥的人嗎？而魔法師就是會用魔法的人吧。

我說的話很奇怪嗎？不奇怪吧？

傻傻地只用劍戰鬥的我該不會很蠢吧？

「妳的劍術確實值得讚賞。不過，魔法也是騎士的攻擊方式之一。所以，使用魔法並不是壞事。妳的弱點就是不會使用魔法。」

路圖姆用手指著我。

「呃，我也會用魔法耶。」

「那妳剛才跟菲格比賽時為何不用？因為妳不用，所以菲格也沒有用。那就是菲格天真的地方。」

看來剛才路圖姆說的手下留情指的是沒有用魔法的事。在可以用魔法的比賽不用魔法，的確會被當作是手下留情。

跟那個騎士來一場可以用魔法的比賽或許會很有趣。我覺得有點遺憾。

「我原本也不懂妳為何不用魔法，原來妳是以為不能用魔法呀。」

艾蕾羅拉小姐恍然大悟似的說道。看來我才是沒常識的那個人。

「如果可以用魔法的話，對我還比較有利，真的可以用魔法嗎？」

「呵呵，有意思。我就見識一下妳的實力吧。」

「我要先說，這是比賽，所以禁止使用危險的魔法喔。」

艾蕾羅拉小姐這麼叮嚀我們。

「妳真該感到慶幸，小丫頭。畢竟我也不能在這麼多人的面前使用危險的魔法。」

「彼此彼此。」

使用熊熊魔法的話，我肯定能贏，可是同時也會製造出一片狼藉。

我個人覺得只用劍的比賽也很有趣，但接下來就是混合魔法的戰鬥了。

我們決定重新來過，等待艾蕾羅拉小姐的口號。

然後，一聽到開戰的口號，我放出空氣彈試水溫，同時跑了出去。路圖姆揮劍切開空氣彈。

我連續放出空氣彈。

「就這點程度嗎！」

路圖姆擊落了所有空氣彈。

我只是怕波及周遭才沒有全力施魔法，別給我擺出那種得意的表情。

我們用魔法互相牽制，拉近距離。路圖姆把劍高舉過頭。

我躲開或是格擋他的劍。路圖姆不斷朝我揮劍，每一劍都很快。

比起使用魔法，近戰時用劍攻擊的頻率比較高。

「太慢了！」

路圖姆喊道。

我無法避開，只好接住路圖姆的劍。劍與劍互相交疊。

「連這一劍也接住了啊。不過，妳能撐到什麼時候？」

路圖姆用火焰纏繞劍身。

魔法？

我也使用魔法，用水纏繞自己的劍。

火水相交，冒出水蒸氣，遮蔽了我們的視野。我們和彼此拉開距離。

然後，我們不約而同使用風魔法，確保視野清晰。

我想起在遊戲時代玩魔法劍士的往事。當時我會交互使用魔法和劍技。路圖姆雖然性格惡劣，但確實有擔任騎士團長的實力。

「小丫頭，真的很有趣呢！」

我也有同感，卻不想附和他。

我們的魔法互相抵銷，戰況陷入膠著。

劍與魔法的攻防又持續了一陣子，這時路圖姆跑了過來。

我一直在等待這一刻。

我在路圖姆沒察覺的情況下發動魔法。地面產生變化，但他沒有發現。

路圖姆只看到我從手上放出的魔法，所以沒注意腳下。我用土魔法把路圖姆腳下的地面做成凹凸不平的樣子，關鍵在於使用其他手段吸引對手的注意，然後偷偷地做。我曾在玩遊戲時使用這一招，抑制對手的機動性。

注視著我的路圖姆沒察覺到凹凸不平的地面，因此失去平衡。

「什麼！」

我對失去平衡的路圖姆揮劍。路圖姆雖然重心不穩，還是接住了我的劍。

「竟然會絆倒，你是不是上了年紀，所以腰腿無力啊？」

「妳敢耍我……」

路圖姆使勁彈開我的劍，然後遠離我。

「妳一個女流之輩，竟然能培養出這等實力。不過，到此為止了。我不能輸給妳。」

路圖姆往左右兩旁放出風魔法。我判斷他這麼做的目的是要限制我的行動範圍。

我用風魔法抵銷攻擊，往右衝出去。

「耍什麼小聰明！」

我也一樣不能輸。

路圖姆放出風魔法，企圖限制我的行動。我知道自己正受到路圖姆的誘導。

我沿著路圖姆誘導的路線向他奔去。

「到此為止了。」

路圖姆對我揮劍。我不用劍抵擋，也不閃避。我的劍慢了路圖姆的劍一步，也朝他揮去。

路圖姆的劍先揮過來，照理來說應該會擊中我。可是，路圖姆的劍被出現在我正前方的熊熊擺飾彈開。

「什麼！」

這是犯規的招式——土屬性熊熊魔法。出現在我面前的熊熊擺飾彈開了路圖姆的劍。因為出乎意料的狀況，路圖姆的反應變得遲鈍。我看準這個破綻，用劍指向路圖姆的脖子。

「是我贏了呢。還是說，你還想繼續打？」

「不，是我輸了。」

「這麼乾脆就認輸啊。我還以為你會嘴硬，堅稱自己沒有輸呢。」

「眾目睽睽，我不會做那種沒意義的事。」

路圖姆望向四周。現場有學生、騎士、國王、國王的護衛等許多人在觀看。

「而且，我已經無法再行動了。」

我仔細一看，發現路圖姆的腳正在抽搐。

「是妳贏了。」

路圖姆的落敗宣言一出，廣場便籠罩在歡呼之中。

認輸的路圖姆坐到地上，表情莫名地爽朗。

他怎麼一臉滿足的樣子？

「妳到底是什麼人？」

「我只是個普通的學生。」

才怪。

「世界上哪有妳這種學生？」

路圖姆笑了。

「總而言之，比賽是我贏了，所以你要遵守約定。」

我就是為此才參加比賽的。

「啊，妳是說跟我兒子訂婚的事吧。」

「才不是！」

我大叫。

298 熊熊挨國王的罵

「啊，對了。因為我贏了，按照約定，你要讓我揍一拳。」

我站到坐在地上的路圖姆面前，對他的臉使出熊熊鐵拳。路圖姆的身體一邊迴轉一邊飛了出去，發出很大的聲響落地後，就一動也不動。

我突如其來的行為讓周圍的歡呼停止，頓時鴉雀無聲。

呃，他應該沒死吧？

啊，他的腳動了一下。好像沒事。

我靠近路圖姆，用水魔法往他的頭上澆水。

「怎麼回事！」

其實能讓他昏過去是最好的，但也得請他在國王面前許下承諾才行。

「發生什麼事了？」

路圖姆左顧右盼，然後看向我，這才發覺自己被打了一拳。

「竟然敢揍我，真是個不知好歹的小丫頭。」

「你不是答應過我，我贏了就要讓我揍一拳嗎？」

「呵呵，真是個有趣的小ㄚ頭。難怪艾蕾羅拉會賭上自己的職務，派妳上場比賽。看來是我有眼無珠。」

路圖姆望向朝我們走來的艾蕾羅拉小姐。

「雖然我早就聽說她很強，但這也是我第一次親眼見到。」

這麼一說我才發現，艾蕾羅拉小姐雖然從克里夫口中聽說過很多關於我的事，卻到今天才第一次親眼見到我戰鬥的樣子。這麼一想，我就不禁佩服她對我的信賴。

「我愈來愈想讓妳成為我兒子的新娘了。」

「請恕我拒絕。」

你本來不是想找希雅和諾雅當結婚對象嗎？我無法這麼說出口。可是，對方要是向我提出婚約，我也會很困擾。

不論如何，我拒絕了婚約，走向國王。當然，我也處理掉熊熊擺飾了。

「兩位，這次的比賽很精彩，對學生來說想必也是不錯的刺激吧。」

「不，很抱歉獻醜了。」

路圖姆對國王深深低下頭。

「路圖姆。」

「是。」

「按照約定，我將解除你在第三騎士團的團長一職。此外，你有一份新的任務，那就是進入

學校任教，為女性騎士的培育奉獻心力。」

「國王陛下？」

「我明白你想表達的意思。如果是過去，或許應該只讓男性騎士擔任護衛。可是，現在是和平的時代。沒必要因為男性與女性的差異而針鋒相對。堤莉亞和芙蘿拉需要女性騎士，所以你就一視同仁地訓練男性騎士與女性騎士吧。」

「國王陛下……」

「只不過，我不允許你再像這次這樣輕視女性騎士，甚至傷害她們。」

看來國王也注意到了呢。

「……我明白了，屬下謹遵國王陛下之命。」

路圖姆乖乖聽從國王的旨意。

「不過，學生期待已久的練習賽不能就此結束。你今天就以騎士團長之名，善盡自己的職責吧。」

「是，那麼屬下告辭。」

路圖姆看了我一眼，又默默退下。

我揍過的臉腫起來了呢。我可沒有錯。他讓希雅和諾雅擔心害怕，我一定要揍他一拳才能洩憤。

我也正要離開的時候，國王叫住了我。

「我要回城堡了。艾蕾羅拉、優娜，妳們兩個跟我來。」

「我也要？」

現在是校慶的上午，還有很多時間能到處逛，為什麼我一定要跟國王走？

「妳看看後面吧。」

我回過頭，學生和觀眾似乎都看著我們。

「他們都在看國王陛下呢。」

「才怪，他們是在看妳。」

是嗎？

「要是現在放妳走，事情肯定會一發不可收拾。而且我有很多事要跟妳們倆談談。」

國王是不是在生氣？

我很不想跟國王走，可是後面的觀眾、學生和騎士的眼神讓我很害怕。

不過，我還有其他工作。

「可是我還要照顧諾雅她們耶。」

「就是呀，陪伴女兒的時間是很寶貴的。」

艾蕾羅拉小姐也同意我說的話，我多了同伴，但我認為這個時候應該把艾蕾羅拉小姐推出去當祭品。

「艾蕾羅拉小姐，我會陪著諾雅她們的，別擔心。」

我後退一步，把艾蕾羅拉小姐往前推。

「優娜，謝謝妳的關心，可是不用了。諾雅她們就交給我照顧，優娜快跟國王陛下一起去吧。」

艾蕾羅拉小姐後退兩步。

「妳們啊……」

國王對互相推託的我們露出傻眼的表情。

「呵呵，既然如此，我會陪著諾雅她們的。」

「堤莉亞……大人。」

因為周圍有人，我立刻補上敬稱。

剛才一直在國王身邊靜靜聆聽的堤莉亞自告奮勇。

「我會陪在諾雅她們身邊的，不用擔心。所以妳們兩位都跟父親大人一起去吧。」

堤莉亞的臉上掛著笑容。

嗚嗚，堤莉亞明明不用多嘴的。

「我可要先說，妳們無權拒絕。要不然，我也可以連那些女孩一起帶走。」

國王的視線轉向菲娜等人。

菲娜等人在稍遠的地方一臉擔心地看著我。

難得來參觀校慶，我希望大家能繼續玩。而且有堤莉亞在，肯定不必擔心。

我放棄抵抗，把菲娜等人交給堤莉亞照顧。

「我要跟國王陛下去城堡一趟，妳們就跟堤莉亞大人一起逛校慶吧。」

我對菲娜等人這麼說，然後轉頭看向堤莉亞。

「堤莉亞大人，菲娜她們就麻煩您了。」

「我會負起責任照顧她們的，別擔心。」

把女孩們交給堤莉亞之後，我跟艾蕾羅拉小姐被國王帶走。

感覺就像是要被牽去賣掉的小牛。

我們和國王一起搭上馬車。坐在眼前的國王瞪著我們。

「唉……」

國王看著我和艾蕾羅拉小姐嘆氣。馬車裡只有國王、艾蕾羅拉小姐和我共三個人。這輛馬車比我以前跟葛蘭先生一起搭的馬車還要寬敞且豪華，坐起來也很舒適。

馬車一前進，國王便開口說道：

「妳們到底在搞什麼鬼！特別是艾蕾羅拉！妳知道自己的立場嗎！」

「因為……」

國王對艾蕾羅拉小姐破口大罵。

「要是優奈輸了，妳打算怎麼辦啊！」

「我會遵守約定，回到克里莫尼亞的。」

「對妳來說或許無所謂，但妳也替被留下的人想想吧！」

「因為對方強迫我女兒訂婚嘛，所以我忍不住就……」

「既然如此就快點替女兒找對象！就是因為妳拖拖拉拉，才會發生這種事。因為某人的關係，克里莫尼亞得到海邊的領土，因此財源大開。考量到這一點，今後一定會有更多人想跟妳的女兒結婚。」

國王的意思是因為我挖了隧道，所以才讓希雅和諾雅的追求者變多嗎？就算撇開這件事不說，她們兩個人那麼可愛，應該會有很多人來提親。

「克里夫和我會阻止的，沒關係。我們一定能守護女兒的幸福。」

「既然如此，妳不必和他賭也能應對吧。」

國王再度嘆氣。

「還有優奈，妳也是。」

「我？」

為什麼連我也要挨罵？我是從魔王手中救出公主的主角吧。我的行為值得讚賞，不該挨罵吧？

「別做那種挑釁般的行為，太危險了。」

「因為我看那個大叔不爽嘛。」

「妳真是……」

「他想逼希雅跟自己的兒子結婚，連諾雅都不放過，甚至想傷害志願成為騎士的女學生，我一點也不後悔。」

「關於婚約的事，交給艾蕾羅拉就沒問題了。除非雙方家族都同意，否則也無法結婚。關於女性騎士的事雖然很有問題，但路圖姆說女性力量較弱也是事實。即使路圖姆的做法不對，妳也沒必要上場比賽吧。」

可是如果我袖手旁觀，壓力就要爆發了。

「而且，妳最好多體諒一下替妳擔心的人。」

「國王該不會也很擔心我吧？」

「我不能擔心妳嗎？」

我只是帶著開玩笑的心情問問，但國王認真回答了。

聽到他認真地這麼說，我反而有點害臊。

「而且跟妳一起來的孩子們也都一臉不安地看著妳。別讓她們擔心。」

我在比賽中並沒有看到菲娜她們的表情。既然讓她們擔心了，晚點也該向她們道歉。

「堤莉亞也很擔心，我真慶幸今天沒有帶芙蘿拉過來。」

看來我讓大家相當擔心。從國王的角度看來，他雖然知道我很強，卻是第一次實際看到我戰鬥的樣子，所以似乎很不安。這麼一想，我們的確該慶幸芙蘿拉公主不在。如果她看到了，或許會哭出來。下次要大鬧一場的時候，我應該留意一下周圍的人。

「不過，我很感謝妳。」

「…………？」

「我是指妳證明了女性之中也有強者的事。城堡中也有不少人認為騎士必須是男性。多虧妳戰勝路圖姆，這種情況也能多少緩和下來吧。」

「果然大多數人都覺得騎士只有男性能當啊。」

「現在的情況比起以前有好一點，反對意見主要是來自世世代代都擔任騎士的貴族。」

不論是什麼工作，以男性為主的領域通常很難容得下女性，反過來也一樣。

「可是，把教育騎士的工作交給路圖姆，真的沒關係嗎？」

我很擔心女學生會遭到霸凌。

「我會派人輔佐，觀察情況。不過，如果路圖姆加入女性騎士贊成派，反對派也會安分一點。就算與他切割，也只會在其他地方招來反感。既然如此，還不如把他安排在視線所及的範圍內。雖然他輸給了妳，但依然是有實力的騎士，工作能力也不錯。」

那就好。

這部分的事不是我能插嘴的，所以我決定相信國王所說的話。

「而且雖然對艾蕾羅拉很抱歉，但根據路圖姆的態度，我打算讓他回歸騎士團長的職位。」

「我是無所謂啦。」

「因為要看他在學校工作的情況，現在說這個還太早了。」

那樣一來，我上場比賽的意義就愈來愈薄弱了耶。好吧，既然艾蕾羅拉小姐無所謂，那我也不追究。

國王的碎碎唸結束，馬車駛進城堡內，停了下來。

「所以，我可以回去了嗎？」

「想回學校的話，我勸妳不要。我會針對這次的事下封口令，但妳今天就放棄吧。」

「怎麼可以放棄，今天是校慶的最後一天耶。」

「妳要去也可以。不過，要是妳被人群包圍，給那些跟妳同行的女孩添了麻煩，那我可不管。」

「嗚嗚。」

國王這麼說，我就沒臉回去了。

「那我就提早離開好了。」

「如果妳有空就去見一下芙蘿拉吧。我今天沒辦法帶她去逛校慶。妳去露個臉，她也會高興的。對了，可以的話就穿上平常那套衣服吧。」

國王的意思是要我穿上熊熊布偶裝嗎？

好吧，沒關係。

「既然如此，我也要去找芙蘿拉公主。」

「我還有話要跟妳說。讓優奈換好衣服之後，妳就過來找我！」

「怎麼這樣～」

艾蕾羅拉小姐本來想跟我一起去找芙蘿拉公主，卻被國王駁回了。

「妳以為我是因為誰才不得不回到城堡的？不只是工作的事，我還有一大堆話要跟妳說。要是敢逃，妳很清楚會有什麼下場吧？」

國王拋下這番話，從馬車旁離去。

我則被艾蕾羅拉小姐帶到一個空房間。

「優奈，我要重新謝謝妳。」

我正在脫制服的時候，艾蕾羅拉小姐用認真的表情向我低頭道謝。

「我只是因為氣憤，所以才擅自插手的。」

「可是，妳是為了希雅和諾雅才挺身而出吧，所以我要謝謝妳。」

聽到她這麼鄭重地道謝，我開始覺得難為情。

「可是優奈，路圖姆好像非常中意妳呢。」

「別再說了。」

光是回想就讓我毛骨悚然。

「如果跟路圖姆的兒子結婚，妳就是貴族了喔。」

「請容我拒絕。」

「既然如此，妳要不要當我女兒？克里夫也會高興的。」

我當克里夫的女兒？

我試著想像，腦中卻只浮現克里夫抱頭苦惱的樣子。

嗯，不行呢。

299 擔心熊熊 菲娜篇

優奈姊姊要跟大人比賽了。

對方是位貴族，向希雅大人和諾雅大人提出了婚約。雖然艾蕾羅拉大人拒絕了，對方卻威脅要傷害希雅大人的朋友。對此很生氣的優奈姊姊決定跟騎士大人進行一場比賽。

我知道優奈姊姊很強。可是，比賽的對手是比優奈姊姊還要高大的男人，看起來非常強。我很擔心，但既然是打倒了許多強大魔物的優奈姊姊，我相信她一定能贏的。

比賽開始了。劍與劍互相撞擊，兩個人用非常快的速度移動。

「優奈姊姊，危險！」

在我旁邊的修莉大叫。修莉是第一次看到優奈姊姊戰鬥的樣子，所以一臉不安地看著比賽。

我當然也很擔心，牽著修莉的手忍不住用力。

優奈姊姊躲開騎士大人的劍。我聽說那是練習用的劍，但還是很害怕。可是，優奈姊姊的臉上好像掛著開心的笑容。我看不出哪一方占優勢，可是看到優奈姊姊的笑臉，我就安心了。

「優奈姊姊，加油。」

修莉握著我的手，聲援優奈姊姊。

沒問題的，優奈姊姊不會輸。

可是，為什麼優奈姊姊不用魔法呢？是比賽的規則禁止用魔法嗎？

還是因為對手不用的關係？

最後優奈姊姊抓住騎士大人的手，把他丟出去，獲得勝利。真是太好了。希雅大人和諾雅大人也都很高興。

我還以為比賽結束了，可是好像還要再比一場。

這次的對手是剛才要求希雅大人和自己的兒子訂婚的貴族大人。

根據周圍的人所說，他好像是剛才那位騎士大人的隊長。這麼說來，他比剛才的騎士大人還要強嗎？

我感到不安，但比賽仍然開始了。

跟剛才的騎士大人一樣，優奈姊姊的嬌小身體快速地到處移動。她往右、往左、往後閃躲，然後揮劍。

貴族大人的攻擊好像很強勁。優奈姊姊躲開他的劍。

「喂喂喂，她躲開路圖姆大人的劍了耶。」

「要是隨便接住，萬一失去平衡就要被狠狠痛打了。」

「不，能擋開那一劍真的很厲害。因為這樣，路圖姆大人的第二劍才晚了一點。」

「話說回來，路圖姆大人是不是陷入苦戰了？」

「那女孩的步伐和重心控制得很巧妙。」

「那雙黑色和白色的鞋子是怎麼回事？」

周圍的人都在討論比賽的戰況。從這裡只能看到優奈姊姊的鞋子顏色，看不出來那是熊熊造型的鞋子。

優奈姊姊，加油。

大家都屏住呼吸，認真看著比賽，沒有人吵鬧。兩人在觀眾的包圍下拿劍對打。

比賽看起來不相上下。可是這個時候，對手使用了魔法。優奈姊姊一時慌張，但還是躲開了。

然後，優奈姊姊大罵使用魔法的對手。

優奈姊姊好像不知道比賽是可以用魔法的。

比賽重新開始。這次是結合魔法和劍的比賽。跟剛才不同，比賽中會有魔法飛來飛去，所以很恐怖。可是，優奈姊姊臉上掛著笑容，看起來好像很樂在其中。

我不知道這場比賽會是誰贏。

大家都露出擔心的表情。

「優奈姊姊，加油！」

「優奈小姐！」

「優奈姊姊！」

我們一起幫優奈姊姊加油。

對手的攻擊變快了。

「路圖姆大人想用風魔法限制那女孩的行動，把她引到某個地方。」

我聽到別人這麼說。

優奈姊姊漸漸被逼到絕境。對手舉起劍，朝優奈姊姊一揮。當優奈姊姊快要被劍擊中的時候，熊熊擺飾冒了出來，把對手的劍彈開了。對手露出驚訝的表情。同時，優奈姊姊的劍停在對手的脖子上。

贏了，優奈姊姊贏了！

「好耶～」

修莉放開我的手，高高舉起雙手。

希雅大人和諾雅大人也都很高興。

周圍響起一陣歡呼。

「真厲害！」「那個女孩是誰？」「那個美少女是誰啊？」「她是哪一班？」「幾年級？」

「我們學校有那麼可愛的女生嗎？」「她好帥。」「是誰說她很弱的？」「她還跟國王陛下說過話呢。」「她的劍法真厲害。」「內褲是白色的啊。」「真是劍術了得啊。」「是騎士手下留情了吧？」「你是怎麼看的？看剛才的比賽就知道沒有那回事吧。」「我可沒有自信能接下那一劍。」「我記得她有跟那個女生說過話。」

四周的人都在談論對比賽的感想。大多數的人都對優奈姊姊表示讚嘆。偶爾會有人看著我們，應該說看著希雅大人。

「她贏過路圖姆大人了耶。」

「那個嬌小的女孩到底是什麼人？」

「太厲害了。」

我聽到附近的人這麼說。

聽到優奈姊姊受到讚美，我也覺得好高興。

優奈姊姊對貴族大人說了些什麼，緊接著揍了他一拳。對手就這麼飛了出去。

突然看到這一幕，現場的人都陷入沉默。

「…………」

「…………」

我們附近的人也都驚訝得張大了嘴巴。

這個時候，優奈姊姊靠近倒在地上的貴族大人，用魔法朝他潑水。這個舉動又讓人們發出驚訝的聲音。

「她對路圖姆大人潑水耶。」

「那不是重點，重點是她揍了認輸的路圖姆大人耶。」

優奈姊姊，妳到底在做什麼呀！

啊，可是貴族大人醒了過來，跟優奈姊姊一起走向國王陛下。

我們稍微靠近優奈姊姊那裡，聽見他們說話的聲音。

「我要回城堡了。艾蕾羅拉、優娜，妳們兩個跟我來。」

優奈姊姊要被國王陛下帶走了。

優奈姊姊和艾蕾羅拉大人試圖拒絕，卻行不通。她們最後好像決定請堤莉亞大人來照顧我們。

優奈姊姊一臉難過地看著我們。

「我要跟國王陛下去城堡一趟，妳們就跟堤莉亞大人一起逛校慶吧。」

她叫我們去逛校慶，但我們有辦法玩得盡興嗎？

優奈姊姊和艾蕾羅拉大人被國王陛下帶走。

是我的錯覺嗎？她們看起來好像要被牽去賣掉的小牛。

附近的騎士大人好像也要一起去。

「優奈的比賽真精彩。」

堤莉亞大人來到被留下的我們身邊。

是的，優奈姊姊的比賽很精彩。我如果努力鍛鍊，也能變得像優奈姊姊一樣嗎？我試著想像，覺得應該沒辦法。

「希雅！那個女生怎麼那麼強？」

一位女學生來到希雅大人面前。我記得她是希雅大人的朋友，是剛才參加比賽的人。

「她叫什麼名字？是哪個班級？」

女學生抓住希雅大人的肩膀，用力搖晃。

「呃，這……」

希雅大人無法回答，不知道該怎麼辦。希雅大人的身邊又聚集了更多人，大家都跑來問關於優奈姊姊的事。

希雅大人無助地看著我們，可是我們也幫不了她。

「哪個班級？」「我們學校有那麼可愛的女生嗎？」「希雅，介紹一下嘛。」

希雅大人被團團包圍，淹沒在人群裡。

「姊姊大人！」

諾雅一臉擔心地看著人群。

我們想向優奈姊姊和艾蕾羅拉大人求救，但她們已經被國王陛下帶走，不在這裡。

我們正傷腦筋的時候，堤莉亞大人對諾雅大人說「沒事的」。

「各位，你們就別為難希雅了。」

「堤莉亞大人？」

「她是希雅和我的朋友，並沒有在這所學校就讀。」

「可是她穿著制服呢。」

「因為一些理由，我借了制服給她。」

希雅大人接續堤莉亞大人的話，這麼說明。

「那麼，請至少告訴我她的名字吧。」

「她叫做優娜。不過，她的事情不能公開，請不要說出去喔。」

「原來是優娜小姐啊。堤莉亞大人，謝謝您。可是這樣的話，我就不能向她道謝了。」

「她剛才被父親大人帶走了，應該很難見到她。」

「真可惜。那麼堤莉亞大人，能請您替我轉告優娜小姐，對她說『真的很謝謝妳』嗎？」

「好，我會轉告的。」

「另外，看到女生也可以變得那麼強，我也有自信了。」

只論我知道的部分，優奈姊姊就打倒了許多普通人無法打倒的魔物。普通人真的能變得像優奈姊姊一樣強嗎？

聽到堤莉亞大人所說的話，人們漸漸離去。幸好事情沒有鬧大。

「堤莉亞大人，謝謝您。」

希雅大人道謝。

「別在意，畢竟優奈拜託我照顧大家嘛。而且優奈也是我的朋友。」

能跟公主殿下當朋友，優奈姊姊真厲害。

像我這樣的平民能見到國王陛下和公主殿下，甚至跟他們說話，本來就是很驚人的事。最近因為優奈姊姊，我的感覺開始麻痺了。

要是修莉以為這就是常識那就糟糕了。回到克里莫尼亞之後，我必須跟媽媽談談，多教修莉一些基本常識。

後來我們在堤莉亞大人的保護之下離開現場。我們要去的地方是希雅大人的攤位。

棉花糖店有很多客人，生意好像很好。

「希雅，妳怎麼這麼早回來？」

馬力克斯哥哥這麼說道。

「嗯，因為發生了一些事。」

「怎麼，有什麼好玩的事嗎？」

「嗯～我應該告訴大家嗎？」

希雅大人開始沉思。

「怎麼了？」

「如果有人來問關於優奈小姐的事，你們不能說出去喔。」

「優奈小姐做了什麼嗎？」

把做棉花糖的工作交給提摩爾哥哥一個人之後，馬力克斯哥哥和卡特蕾亞姊姊走到我們這裡。

「你們要去哪裡啊～」

我們移動到攤位後面，被留下的提摩爾哥哥就這麼大喊，但馬力克斯哥哥不在意。

「現在客人比較少，沒關係吧。」

「所以，到底發生什麼事了？」

希雅大人簡單說明了優奈姊姊跟騎士大人比賽的事。

「優奈小姐參加了那種比賽？」

「我好想看那場比賽喔。」

「不過，竟然能打倒路圖姆大人，優奈小姐也太強了吧。可惡，我好想看。」

馬力克斯哥哥一臉悔恨。

「總而言之，如果有人來問優奈小姐的事，你們要保密喔。」

馬力克斯哥哥和卡特蕾亞姊姊點頭答應希雅大人說的話。後來換班的提摩爾哥哥也聽我們說了同樣的事。

另外，我們也沒有忘記提到優奈姊姊用了假名的事。

說明結束，希雅大人好像要留在攤位，跟馬力克斯哥哥換班。

「那麼，我們要去哪裡？優奈已經把妳們交給我照顧了。今天是校慶最後一天，一定要玩得盡興。」

我們按照優奈姊姊的叮嚀，決定繼續逛校慶。

我們走在學校裡，偶爾會聽見優奈姊姊的傳聞。

「聽說有個美少女打倒了所有騎士。」

只有兩個人。

「聽說有個美少女殺了路圖姆大人。」

人家沒有死。

「美少女好像用漂亮的指尖放出了魔法。」

優奈姊姊的手上戴著熊熊手套。

「那個美少女好像跟王室有什麼關係。」

這好像不算錯？

「聽說跟美少女在一起的女生也很可愛。」

這是指諾雅大人和希雅大人嗎？

除了美少女之外，其他傳聞都不太對。原來謠言就是這樣傳開的。要是優奈姊姊聽到了，她一定會露出很困擾的表情。

另外，聊著傳聞的人會不時瞄向我們。

「因為有我在，引來了不少目光呢。要不要去昨天去過的地方，再看一次演奏和話劇？待在那裡就不必在意其他人的視線了。」

我贊成，我還想再看一次。

演奏和話劇的表演都很精彩。修莉和諾雅大人也都不反對，非常高興。

於是，我們和昨天一樣，前往那棟高大的建築物。

可是，優奈姊姊都被國王陛下帶走了，我們真的可以自己享樂嗎？

300 熊熊聽說後來的事

換上熊熊布偶裝，跟艾蕾羅拉小姐道別的我一個人前往芙蘿拉公主的房間。

「熊熊！」

我一進入芙蘿拉公主的房間，她就毫不猶豫地朝我跑來。她果然是靠這身裝扮來辨認我的呢。

今天發生了很多事，讓我累積了精神上的疲勞，所以我請熊緩和熊急來陪伴芙蘿拉公主。我一召喚熊緩和熊急，芙蘿拉公主便露出開心的神情。我喝著安裘小姐幫我泡的茶，看著芙蘿拉公主。

芙蘿拉公主時而騎著熊緩在房間裡走動，時而抱住熊急的肚子。

玩了一陣子後，芙蘿拉公主可能是累了，於是抱著熊緩進入夢鄉。安裘小姐為了不吵醒芙蘿拉公主，小心翼翼地抱起她，把她放到床上。

「熊緩、熊急，辛苦你們了。」

我慰勞熊緩和熊急，感謝牠們陪芙蘿拉公主一起玩。

「熊緩大人和熊急大人真的很乖巧呢。」

安裘小姐一邊道謝，一邊撫摸熊緩和熊急。

「牠們都是好孩子嘛。」

我得意地說，就像在炫耀自己的孩子。

因為牠們是我的家人，這麼說也不算錯。

我正在陪伴親愛的孩子時，艾蕾羅拉小姐來接我了。

「優奈，我們回去吧。」

已經這麼晚了嗎？

我陪著熊緩和熊急，時間一下子就過去了。

「艾蕾羅拉小姐，妳很累嗎？」

不知道該說是筋疲力盡還是了無生氣，她全身都散發著很疲勞的氣息。

「後來不只是國王陛下，連宰相詹古和其他人也罵了我一頓，而且還是句句帶刺的那種罵法。我都道歉好幾次了，他們還是不原諒我。妳不覺得很過分嗎？」

這個嘛，賭上職務當然會挨罵了。考慮到今後的事，好好罵一頓才是對艾蕾羅拉小姐好。

「這也就表示他們很擔心艾蕾羅拉小姐吧。」

「是嗎？他們看起來好像很樂於欺負我耶。」

我覺得這是妳平常做人處世的報應。

「可是，會擔心或責備就表示他們很需要艾蕾羅拉小姐吧。」

據說愛的相反是漠不關心。如果同事對她漠不關心，她要不要辭職都無所謂。同事們既不會告誡，也不會在乎她的行為。在原本世界的我就是那樣。

所以，挨大家的罵這件事讓我覺得有點羨慕。

艾蕾羅拉小姐對我說的話好像有一點無法認同。這種事情，被擔心的本人是不會懂的。這種事要直到失去才會察覺。

我跟憔悴的艾蕾羅拉小姐一起回到家裡，諾雅等人就出來迎接了。

「我回來了，大家都到家了呢。」

「母親大人！優奈小姐，妳們沒事吧？」

「優奈姊姊，情況還好嗎？」

「優奈姊姊沒事吧？」

三個女孩都很擔心我和艾蕾羅拉小姐。

先不說艾蕾羅拉小姐，我很高興有人這麼關心我。

「只是被國王罵了一頓，沒事的。」

我說自己挨了國王的罵，大家便露出不安的表情。對我來說，被國王罵不是什麼大不了的事，但對諾雅等人來說似乎很嚴重。一般而言，被全國地位最高的人罵，就像是員工被董事長罵，或是學生被校長罵，這次是國王陛下，所以就類似總理大臣或是總統吧？

這麼一想，好像是有點恐怖。

「沒有罵得很凶啦，沒事的。挨罵的人主要是艾蕾羅拉小姐。」

「母親大人嗎！」

諾雅驚叫一聲。

我明明想安撫大家，卻製造了更多恐慌。聽到親生母親被國王訓斥，女兒當然會感到不安了。

「呵呵，沒事啦。我早就習慣挨罵了。」

這樣沒關係嗎？

「真的嗎？」

看吧，諾雅也很擔心。

「諾雅不用這麼擔心啦。國王也是擔心艾蕾羅拉小姐才會生氣的。如果國王不在乎她，才不會生氣呢。」

為了讓諾雅安心，我跟她說了先前向艾蕾羅拉小姐說過的話。可是，這對諾雅來說好像有點太難懂了。

「嗯～我舉個例子好了。如果菈菈小姐把辭掉女僕工作的事情當作跟別人賭注的籌碼，諾雅會生氣吧？」

「……是的，我應該會生氣。我希望她不要擅自那麼決定。」

諾雅稍微思考，然後答道。

「可是，如果諾雅討厭的人做出同樣的事，根本就無所謂吧？」

「……好像是這樣。」

「所以艾蕾羅拉小姐會挨罵，就表示城堡的人有多麼重視艾蕾羅拉小姐。」

我的說明讓諾雅露出恍然大悟的表情。

「優奈，妳真會說明呢。」

艾蕾羅拉小姐，妳以為我是為了誰才幫忙說話的？

我嘆了一口氣。

說完話的艾蕾羅拉小姐回到自己的房間。

我也帶著菲娜等人回到房間。

「優奈小姐，謝謝妳。幸好母親大人不必辭掉工作。」

「不用放在心上啦。我也很慶幸艾蕾羅拉小姐不用辭掉工作，諾雅和希雅也不用訂婚了。」

事情的起因都是那個男人逼諾雅和希雅跟自己的兒子結婚。我只是有點火大，所以才會插手。

「優奈姊姊當時好帥喔。」

「是的，真的非常帥氣。」

「看了比賽的人都在誇優奈姊姊呢。」

如果能稍微證明女性的強大，那就太好了。

我勝過路圖姆的時候，現場的氣氛好像特別熱烈。我確實有聽到歡呼。

「真厲害！」「那個女孩是誰？」「那個美少女是誰啊？」「她是哪一班？」「幾年級？」「我們學校有那麼可愛的女生嗎？」「她好帥。」「是誰說她很弱的？」「她還跟國王陛下說過話呢。」「她的劍法真厲害。」「內褲是白色的啊。」「真是劍術了得啊。」「是騎士手下留情了吧？」「你是怎麼看的？看剛才的比賽就知道沒有那回事吧。」「我可沒有自信能接下那一劍。」

諾雅她們把其他人在我勝過路圖姆時說過的話重複了一遍，其中是不是有什麼奇怪的內容？

我聽到內褲這個詞。是我聽錯了吧，我就當作沒聽見吧。

路人說什麼美少女、可愛之類的，那真的是在說我嗎？不是說別人嗎？該不會是她們三個捏造出來的吧？

退個一百步，我穿著熊熊布偶裝的樣子或許勉強算是可愛。可是這次我穿的是制服，所以我對諾雅她們說的話半信半疑。

除此之外，我和艾蕾羅拉小姐被國王帶走後，希雅好像被學生們包圍了。

「她沒事吧？」

「是的，堤莉亞大人保護了她。」

學生們包圍希雅好像是為了問關於我的事，但堤莉亞替她解圍了。

「堤莉亞大人當時很帥呢。經過堤莉亞大人的說明，大家就不再靠過來了。」

基本上，被堤莉亞這位公主殿下拜託，普通人只能放棄。

可是，堤莉亞好像說了多餘的話。聽說她宣稱我是她「很重要的朋友」。可是也因為如此，騷動終於平息。

騷動平息是好事，我卻被認定為公主殿下的朋友了。

「這麼說來，妳們沒有再去逛校慶嗎？」

「不，我們又看了一次昨天的演奏和話劇，玩得很開心。」

「不管看幾次都很精彩。」

「嗯，很好看喔。」

菲娜和修莉也都贊同諾雅的感想。

我也很想再聽一次昨天欣賞過的演奏和歌唱表演。要是熊熊電話有錄音功能的話，我就能隨時聆聽了。

能不能做出那種魔導具呢？

我正在聽諾雅她們描述校慶的趣事時，房間的門被打開，跟剛才的艾蕾羅拉小姐一樣疲憊的希雅走了進來。

「我回來了。」

希雅走進房間，一屁股坐到沙發上。

「姊姊大人，妳怎麼了？」

諾雅把桌上的一杯水遞給希雅，接過杯子的希雅喝著水休息。

「謝謝妳。」

「姊姊大人，到底發生什麼事了呢？」

「有很多人都來問我關於優奈小姐的事，我只是有點累而已。」

我已經聽諾雅說過，我好像也給希雅添了不少麻煩。

「抱歉。」

我簡單道歉，希雅卻搖了搖頭。

「優奈小姐不必道歉。優奈小姐是為了我和諾雅還有母親大人而戰，我們應該心懷感激，而不是責備優奈小姐。」

希雅用堅決的語氣反駁道歉的我。

「優奈小姐，真的很謝謝妳。我很高興優奈小姐願意替我們出氣。」

希雅對我露出滿臉笑容。

「堤莉亞大人可能會再說一次，可是我也要轉告。麗妮亞要我們跟妳說一聲『真的很謝謝妳』。」

我記得麗妮亞是希雅的女生朋友。

「那個女生沒事吧？」

「沒事，她好像沒有受傷。」

那真是太好了。

「另外，她還說要以優奈小姐為目標呢。」

我是很高興，但又不希望她把我當成目標。我的力量大多是來自外掛裝備。

「而且，大家都吵著想知道優奈小姐這位神祕美少女是誰呢。」

希雅笑了。

諾雅也說過美少女之類的話，那是真的嗎？

我想大概是因為從遠處觀看，所以看不清臉部的關係吧。

「事情都傳開了嗎？」

「很難說呢。」

「很難說？」

「沒有看到比賽的同學好像還是難以置信，畢竟光是聽說學生贏過路圖姆大人，就讓人不敢相信了。」

這麼說來，事情似乎沒有想像中鬧得那麼大？

可是，我的安心被希雅的下一句話抹消了。

「還有，優奈小姐，妳比賽時應該小心一點。聽說妳的內褲露出來了。」

「……不會吧？」

諾雅她們也有提到類似的對話，不是我聽錯了嗎？

「只是跳起來或動作比較激烈時會稍微露出來一點而已。可是，男生都說……」

希雅有點難以啟齒。

嗚嗚，好丟臉。

我沒辦法再靠近學校了。

我不敢在街上露臉了。

根本不存在什麼美少女。我只能穿著熊熊布偶裝，偷偷摸摸地過活了。

其他四個人安慰我，可是我的內褲被看見了，而且還是熊熊內褲……

大家都覺得是美少女打倒對手的。

我把熊熊連衣帽往下拉，試圖逃避現實。

301 熊熊窩在房間裡

我正在沮喪的時候，史莉莉娜小姐來到房間，告訴我們晚餐已經準備好了。

「優奈大人，您怎麼了呢？」

看到我這麼沮喪，史莉莉娜小姐擔心地這麼問，但我不好意思說是因為內褲被看到，也不好意思說是美少女傳聞滿天飛而讓我感到害臊的關係。要是那麼說，就好像在我說自己是美少女似的。

內褲被看見的事對我的打擊最大，讓我難以振作。

我被菲娜等人拉著帶往飯廳。

「妳們好慢喔。」

到了飯廳，我發現艾蕾羅拉小姐跟我不同，早就已經打起精神了。她先前明明還像一具行屍走肉，現在卻已經恢復精神。轉換心情的速度真快，我好羨慕。

「哎呀，優奈，妳沒什麼精神呢。」

「艾蕾羅拉小姐倒是很有精神嘛。」

「我休息過了呀。而且如果其他人繼續抱怨我，我打算說我要辭職。」

那樣算是威脅吧。

艾蕾羅拉小姐搞不好真的會那麼做，有點可怕。

「所以，為什麼優奈這麼沒精神？」

「因為我的少女心瀕臨崩潰。」

「………？」

艾蕾羅拉小姐聽不懂我的回答是什麼意思，歪起頭來。

「呃，優奈小姐她……」

希雅與諾雅姊妹倆向艾蕾羅拉小姐說明我沒有精神的理由。

「呵呵，能看到優奈的內褲，那些男生真幸運。」

而我卻很不幸。

「要是被我逮到，我要挖掉對方的眼珠，毆打對方的頭直到失憶為止。」

那麼一來，我的心或許能平靜一點。

「優奈姊姊好恐怖。」

「好恐怖。」

菲娜和修莉做出摀住眼睛的動作。

「開玩笑的啦，我才不會做那種事。」

就算是我也不會去挖別人的眼珠。可是我不否認自己可能會毆打對方的頭直到失憶為止。我好想發洩內心湧出的鬱悶感。這一切都要怪那個叫做路圖姆的大叔，下次見到他，我真想多揍他幾拳。

我輕嘆一口氣，向希雅問道：

「希雅，學校什麼時候放假？」

「放假嗎？」

「回去克里莫尼亞之前，我想向堤莉亞道謝。」

我去過城堡好幾次，遇到她的機率卻是零。學校放假的時候，她應該會待在城堡才對。

「我想想，明天是問卷的結果發表和收拾善後的日子，所以後天才放假。」

既然這樣，後天再去找堤莉亞好了。之後再回克里莫尼亞。只要回到克里莫尼亞，就沒有人知道內褲的事了。

「那個，優奈小姐，妳就快要回去了吧？」

「是啊，校慶都結束了，不回去的話，菲娜和修莉的父母會擔心的。」

「既然這樣，妳後天可以空出一點時間嗎？馬力克斯他們說想在優奈小姐回克里莫尼亞之前表示一下謝意。」

他們好像想感謝我借棉花糖機給他們，並替攤位宣傳的事。我並不期待什麼謝禮，但若我去向堤莉亞道謝，自己卻拒絕別人的好意，那就太矛盾了。所以，我答應跟馬力克斯等人見面。

既然這樣，跟馬力克斯等人見面之後再去見堤莉亞就好了吧？

「對了，制服要怎麼辦？洗過再還妳嗎？」

我得物歸原主才行。

「制服就送給優奈小姐吧，今後可能還會用到。」

為什麼希雅要說這種預言般的話？我今後可不打算再穿上制服，也不打算露出內褲。

「要不要乾脆入學呢？優奈小姐入學的話，就會需要制服了。」

「哎呀，真是個好主意。」

聽到希雅的提議，艾蕾羅拉小姐表示贊成，可是卻有人發出反對的聲音。

「不行，優奈小姐要跟我一起回克里莫尼亞。」

「要是見不到優奈姊姊，我會很難過，所以不行。」

「優奈姊姊不在的話，我會很困擾的。」

住在克里莫尼亞的三個人表示反對。

嗯，被需要真是一件令人開心的事。

不過，我本來就不打算去上學，所以婉拒了希雅的提議。對前家裡蹲來說，學校根本就是地獄。

而且，雖然我有熊熊傳送門，但住在這裡就不能常常見到菲娜等人了。姑且不說菲娜她們，我也會很寂寞的。

總而言之，雖然我收下了制服，卻很希望自己不要再有機會穿上它。

隔天，我一直窩在房間裡。

「優奈小姐，我們出去玩嘛。再過一陣子就要回克里莫尼亞了耶。」

「不要。」

「穿成熊熊的樣子，不會有人發現的。」

內褲被眾人看光的隔天，我沒有勇氣上街。

諾雅和修莉從左右兩旁拉著我的熊熊玩偶手套，試圖把我拉起來，我卻一動也不動。我身上穿著神給的外掛熊熊裝備，誰也動不了我。

時間會沖淡人的記憶。

所以，我今天不該外出。

「而且學生都去學校了，沒關係啦。」

諾雅拉著我的手，我卻不動。

看到比賽的人可不只有學生，也有普通人。我不知道哪裡會有人在看我。

「優奈姊姊，內褲被看到很丟臉嗎？我覺得沒關係呀。」

修莉放開我的手，作勢要掀開自己的裙子。可是，站在一旁的菲娜抓住修莉的手，保住她的內褲。

就算我看到修莉的內褲，她也跟我一樣是女生，而且年紀還小，沒什麼好害臊的。只不過，她要是變成會隨處掀裙子的女生就糟糕了，所以菲娜正在訓斥她。

「女生長大之後，內褲被看到是很丟臉的事。」

我甩開諾雅的手，跳到後面的床上，然後在床前召喚正常尺寸的熊緩和熊急。

「熊緩！熊急！保護我！可是不能讓她們受傷。」

無敵的熊熊防波堤完成。誰都不能越過這道熊熊防波堤來到我這裡。

可是，被召喚出來的熊緩和熊急露出傷腦筋的表情。有人來挑戰熊熊防波堤了。修莉和諾雅高興地突擊防波堤，飛身撲向兩隻熊。

「是大隻的熊緩耶～」

「軟綿綿的。」

兩人抱住熊緩和熊急，菲娜也高興地抱住熊急。然後，三人開始跟熊緩與熊急一起玩，不再要求我出門。

防波堤保護了我，以有些違背了初衷的意思來說啦。

我們窩在房間裡的時候，結束工作的艾蕾羅拉小姐回家了。

「妳們好像很開心呢。」

「母親大人，歡迎回來。」

艾蕾羅拉小姐一進到房間便走到我面前。

「優奈，繪本做好了喔。」

艾蕾羅拉小姐這麼說，把繪本遞給我。是熊熊與少女第三集。

對了，我在校慶開始之前就把第三集送給芙蘿拉公主了。複印的繪本似乎已經完成了。

看到裝訂精美的繪本，我覺得很高興，數量也是我們約好的十本。

「艾蕾羅拉小姐，謝謝妳。」

「那是什麼？」

原本在跟熊緩一起玩的諾雅跑了過來。

「這是優奈畫的繪本喔。」

「那是優奈小姐替芙蘿拉公主畫的繪本嗎！為什麼會有這麼多？」

「為什麼？我只是把優奈畫的繪本拿去印刷而已呀。」

聽到艾蕾羅拉小姐這麼說，諾雅轉頭看我。

「這麼說來，優奈小姐自己也有繪本嗎？」

「這個嘛，是啊。」

「優奈小姐！竟然不告訴我有複印的繪本，太過分了。我還以為只有芙蘿拉公主有，所以才放棄的。」

諾雅鼓起臉頰，向我抱怨。

「哎喲，那是因為我不好意思把自己畫的繪本拿給別人看嘛。」

「那為什麼要印這麼多繪本？」

諾雅質問同樣的繪本為什麼多達十本。

「那是因為艾蕾羅拉小姐說要印刷，所以我也訂了孤兒院孩子的份。」

「芙蘿拉公主有時候會帶著繪本在城堡裡走動，看到的人都說想要那本繪本，所以我才取得優奈的許可，複印了繪本。」

「我知道理由了，可是沒有必要瞞著我吧。菲娜和修莉也這麼想吧？」

「呃，這……」

菲娜露出不知所措的表情，一旁的修莉卻不同。

「繪本的話，我們家有喔。」

「妳們有繪本嗎？」

「嗯，是優奈姊姊送給我們的。」

修莉帶著滿臉笑容答道。

聽說這件事的諾雅發現只有自己不知道，臉頰鼓得更圓了。

「竟然連菲娜都背叛我。布偶的事也一樣，瞞著我也太過分了吧。」

諾雅嘟起嘴巴，有點鬧彆扭。

「我並沒有背叛的意思……」

因為菲娜很困擾，我決定替她說幾句話。我不希望她們的感情因此變差。

「菲娜也是最近才得知繪本的事，妳就別怪她了。她是碰巧在孤兒院看到才知道的。」

「是嗎？」

「是的。」

「嗚嗚～那就沒辦法了。」

菲娜露出鬆了一口氣的表情。

「母親大人，我也想要繪本。」

「哎呀，妳不是脫離看繪本的年紀了嗎？」

「優奈小姐畫的繪本例外。這麼可愛的繪本，我也想要。」

諾雅看著繪本上的熊熊和小女孩。

艾蕾羅拉小姐笑著從道具袋裡拿出三集繪本給諾雅。

「謝謝母親大人。不過，原來優奈小姐已經畫了三集呀。」

諾雅高興地拿著三本不同封面的繪本。

菲娜的表情反而很尷尬。

艾蕾羅拉小姐回到房間，諾雅為了看繪本，坐到椅子上。

「諾雅大人，妳要現在看嗎？」

「對呀。」

「回克里莫尼亞再看嘛。」

「為什麼？」

「也沒有為什麼……」

菲娜語帶模糊。

她似乎很不想親眼看到別人閱讀繪本。諾雅不懂菲娜內心所想，拿起繪本的第一集。

「《熊熊與少女》。」

封面畫著熊熊和小女孩。

「好可愛的畫。」

菲娜對這句話起了反應。

諾雅看著小女孩的畫，微微歪起頭。不過，她還是翻開了繪本。

現在是小女孩一個人去森林採藥草的情節。

諾雅瞄了菲娜一眼，然後重新看向繪本。她繼續翻閱繪本，然後又瞄了菲娜一眼。

「這個小女孩是不是很像菲娜？」

「那只是錯覺。」

菲娜立刻答道。

「是嗎？我覺得很像菲娜耶。」

菲娜以為自己瞞過了，露出安心的表情。

可是，又看完桌上的第二集、第三集之後，諾雅瞇起眼睛，對菲娜投射懷疑的視線。

「這一定是菲娜，而這是修莉。」

諾雅指著在第三集出場的小女孩。

「而且，這些熊熊是熊緩和熊急，還有優奈小姐！」

諾雅全都說中了。

菲娜的臉上浮現放棄的表情。為了替她說話，我決定說明來龍去脈。

「因為這些繪本是以我來到克里莫尼亞之後的遭遇為基礎改編的，所以這個小女孩的原型就是菲娜。」

「是嗎？」

「當然也不是完全一樣啦。」

「對了，我記得菲娜的媽媽以前生過病。」

諾雅的目光回到繪本上。看來她正在回想故事內容。

「是的，可是優奈姊姊救了媽媽。」

諾雅深吸一口氣。

「好棒的繪本，可以溫暖人心。希望這個小女孩能得到幸福。」

「諾雅大人……」

「可是，既然這隻熊熊是優奈小姐，故事又是以來到克里莫尼亞之後的遭遇為基礎，我應該也會出場吧？」

「這個嘛，以後就會出場了。話雖如此，其實我還沒有構想續集的劇情。妳該不會很想出場吧？」

「當然了，我也想被畫進繪本。」

事情就跟菲娜先前說的一樣。普通人會想要自己出場的繪本嗎？

可是要把諾雅畫進繪本好像有點難。

因為我飾演熊熊，沒辦法接下護衛諾雅的委託，而且菲娜飾演的普通小女孩要跟貴族小女孩相遇，其實出乎意料的困難。

要怎麼改編故事呢？

不論如何，我對諾雅說「我會想想的」，這麼蒙混過去。

302 熊熊受到馬力克斯等人感謝

隔天，吃完早餐的我正在休息時，馬力克斯等人按照約定來拜訪了。

「優奈小姐，這次真的很謝謝妳。」

馬力克斯這麼道謝，堤摩爾、卡特蕾亞也接著表達謝意。

然後他們把棉花糖機還給我。棉花糖機已經洗乾淨了。使用過的棉花糖機會因為沾到糖而變得黏黏的。對了，我還要帶棉花糖去拜訪國王呢。要是忘了這件事就回到克里莫尼亞，下次見面時可能會很麻煩。等一下去找堤莉亞的時候就順便帶去好了。

「多虧優奈小姐的幫忙，我們拿到餐飲類的第三名呢。」

希雅把校慶攤位的投票結果告訴我。

我這才想起投票的事。

因為我在第三天被國王帶走，所以沒有投到票。

「可是，為什麼我們是第三名？我還以為一定能拿冠軍呢。」

馬力克斯似乎很不服氣。

「第三名不好嗎？」

「沒有那回事。因為賣食物的攤位有很多，第三名已經很厲害了。」

「可是我們賣了那麼多，只有第三名說不過去吧。」

「馬力克斯，你不要再抱怨了。投票給我們的同學不是說過了嗎？雖然棉花糖很神奇又好吃，但是不能填飽肚子，所以有很多人都沒有投給我們。」

卡特蕾亞這麼說服馬力克斯。

「可是，客人都吃得那麼津津有味耶。」

「的確如此，可是第三名已經很厲害了。」

「我知道啦。」

「而且，要是那些廢票也算在我們的得票數裡，說不定能拿到更高的名次。」

堤摩爾的這番話讓其他三個人都露出複雜的表情。

「廢票？」

「對，聽說有很多張票上寫的不是攤位號碼，而是『熊』。雖然有人認為那是來賓看到優奈小姐做的熊擺飾才那麼寫的，可是好像不是那樣。」

「是啊，聽說那些票大多都集中在第一天，我也覺得不是投給我們的。」

馬力克斯這麼說，然後看著我。

「因為引起了很大的話題嘛。」

卡特蕾亞看著我。

「果然是那樣沒錯。」

堤摩爾看著我。

「畢竟是第一天，又是熊嘛。」

希雅也看著我。

受到他們的影響，連菲娜等人的目光也轉到我身上。

據希雅所說，第一天有寫著「熊」的大量問卷被丟進投票箱。可是，第二天、第三天卻只有幾張寫著「熊」的問卷。後來經過調查才發現，校慶第一天有打扮成熊的女孩在校內出沒，而且寫著「熊」的問卷都放在熊女孩出現的地點附近的投票箱。

主辦單位認為寫著「熊」的問卷是投給打扮成熊的女孩，所以沒有算進希雅等人的攤位票數中。

「我想那些票應該都是投給打扮成熊的優奈小姐的。如果優奈小姐第二天和第三天也用一身熊打扮來逛校慶，說不定可以得獎呢。」

算了吧。

為什麼呢？不管是穿熊熊服裝還是制服，我都沒辦法再靠近學校了。在鋒頭過去之前，我還是不要靠近學校好了。

馬力克斯等人又重新向我道謝，熱烈地聊著校慶的話題。

他們提到第一天的熊，還有堤莉亞幫忙叫賣而引起軒然大波的事。馬力克斯說他沒看到騎士

和我的比賽，覺得非常後悔。

「優奈小姐，下次請跟我比賽吧。」

「下次再說吧。」

我嫌麻煩，所以隨便回答。

校慶的話題結束之後，我們聊到要怎麼答謝來攤位幫忙的朋友。

「所以，要選哪家店？」

他們要請來攤位幫忙的朋友和同學吃飯，卻因為人數太多而大傷腦筋。

「人數變得比想像中還要多呢。」

「有沒有哪家店能幫忙呢？」

聽到馬力克斯的問題，卡特蕾亞和堤摩爾露出煩惱的表情。

「總共有幾個人？」

「我記得是十六個人。」

「加上我們共有二十個人啊，有點多耶。」

「這個嘛，因為還邀請了幫手以外的人嘛。」

原來有那麼多朋友為了希雅和馬力克斯而來幫忙啊，跟我完全不同。如果是原本世界的我，就算邀請也不會有任何人來。我連能邀請的人都沒有，這樣比較根本沒有意義。

「優奈小姐，妳們要不要一起來呢？」

「那是學生的聚會吧？」

「對，麗妮亞也會來喔。」

也就是說，看過我的內褲的學生說不定也會來。

雖然昨天宅了一天，我已經冷靜下來了，卻還是忘不了內褲被看見的事。

而且用熊的打扮去參加一定會引起騷動，要是穿著制服去見希雅那個見習騎士的女生朋友，肯定又會有一番波瀾。

所以，我婉拒了這次的邀約。

「你們跟朋友一起玩就好，而且我也差不多該回克里莫尼亞了。」

既然校慶已經結束，我也該回去了。克里夫、堤露米娜小姐和根茲先生會擔心的。

希雅等人都很失望，但這次就饒了我吧。

「人數這麼多，一定會很吵吧。」

「希望有東西好吃、可以吵鬧而且寬敞的店。」

「空間和味道就算了，吵鬧應該不行吧？」

「那要怎麼辦？」

二十個學生聚在一起，的確會滿吵的。

如果這裡是克里莫尼亞，我就能提供我的店給他們了。我的店裡有派對用的包廂，稍微吵鬧

一點也沒關係。可是就算如此，我也不能把他們叫來克里莫尼亞。

我想起王都也有類似的店。

「希雅，我知道一個好地方。」

「優奈小姐，真的嗎？」

「嗯，那裡還沒有其他客人，不會造成別人的麻煩，東西又很好吃，是一家不錯的店。」

因為身為王宮料理長的賽雷夫先生會監督味道，所以很美味。那家店還沒有開幕，就算吵鬧也不會造成其他客人的困擾。

「真的有那種店嗎？」

「可是，東西明明很好吃，怎麼會沒有客人？」

「因為那家店還在籌備期間。」

我提起艾蕾羅拉小姐在國王的指示之下創立了一家餐廳的事。真要說問題在哪裡的話，頂多就是要先取得艾蕾羅拉小姐和賽雷夫先生的許可。

這部分只要拜託艾蕾羅拉小姐就沒問題了。

「國王陛下開的店……」

「不，再怎麼說也不行吧。」

「而且我們又沒有錢去吃那種店。」

我的點子被學生們反對了。錢的確是一個問題。如果我在這種時候出錢，那又有點奇怪。

「找艾蕾羅拉小姐商量一下，應該就沒問題了。」

「找我嗎？」

有聲音從門那邊傳來。我們望向房門，艾蕾羅拉小姐就站在那裡。

「母親大人？」

一見到艾蕾羅拉小姐，學生們就從椅子上站起來，向她打招呼。

「母親大人怎麼回家了？工作呢？」

「不，她在不知不覺間出現在屋裡的事才令人驚訝吧。」

「我忘了一點東西，所以回來拿。我一回來就聽說希雅的朋友來了，所以才想偷偷來嚇女兒一跳。」

這是小孩最討厭父母做的其中一種行為吧。

「呵呵，你們在聊什麼呀？好像有提到我的名字呢。」

「不是什麼該向母親大人報告的事啦。」

「我女兒進入叛逆期了……」

艾蕾羅拉小姐露出有點難過的表情，瞄了希雅一眼。

嗯，一看就知道是演技。

「不是的！我們想跟幫忙顧攤位的朋友一起吃飯，可是人很多，所以我們正在討論要去哪裡吃。」

這時候，我說自己剛才正在跟學生們解釋「熊熊的休憩餐廳」的事。

「哎呀，真是個好主意。」

「母親大人？」

「那是國王陛下開的店吧？」

「我們怎麼能去那種店呢？」

「而且還有錢的問題。」

「呵呵，讓你們試吃就行了啊。只不過，你們要評論料理的味道喔。」

四個人經過一番煩惱，最後還是決定拜託艾蕾羅拉小姐。

303 熊熊向堤莉亞道謝

艾蕾羅拉小姐開始跟希雅他們討論餐會的料理。

跟馬力克斯等人見面的約定已經達成，所以我接下來要去見堤莉亞。

「諾雅，妳們要怎麼辦？」

「我也想要再去道謝一次。」

「要去見公主殿下嗎？我也要去見她。」

聽到諾雅說的話，菲娜點點頭，修莉也說想去。

「母親大人不用回去工作嗎？」

「晚到一點也沒關係啦。」

諾雅擔心回家拿東西的艾蕾羅拉小姐，但還是跟著我們，四個人一起前往城堡。

抵達城堡後，我靠著臉部（熊）認證進入，菲娜她們則拿出居民卡給士兵確認，然後進入城堡。

「我今天想見堤莉亞大人，可以嗎？」

「好的，我們已經聽艾蕾羅拉大人說過了。她有交代我們，如果熊……優奈閣下來了，就要幫忙帶路。」

艾蕾羅拉小姐好像有替我轉告大門的士兵。事情進展得這麼順利，都要感謝艾蕾羅拉小姐的體貼。她看似沒在工作，其實都有做好該做的事。

可是一想起剛才的事，我就覺得她真的很像是在偷懶。

我們在一名士兵的帶領之下前往堤莉亞的房間。士兵敲響房間的門，對房間內的堤莉亞傳達我來訪的消息。

「請進。」

堤莉亞的聲音從房間內傳來。

士兵對我行了一禮便離去。我們打開房門走進去，堤莉亞和芙蘿拉公主就坐在椅子上。

「熊熊！」

沒想到在那天之後，我這麼快就再見到芙蘿拉公主了。芙蘿拉公主從椅子上跳下來，跑到我面前。

「為什麼芙蘿拉公主會在這裡？」

「昨天艾蕾羅拉說今天優奈要來，所以我沒有出門，在房間裡跟芙蘿拉一起玩，等著妳來。」

我是不是給人家添麻煩了呢？

「妳原本打算出門嗎？」

「我本來就沒什麼事，沒關係的。」

那就好，畢竟我沒有問堤莉亞是否方便就直接來了。

「堤莉亞，這三天很謝謝妳，我玩得很開心。」

我這麼說，諾雅她們就跟著道謝。

「不會，我也很開心。終於見到妳這個傳聞中的熊女孩了。能認識諾雅她們，我當然也很高興。」

聽到堤莉亞這麼說，諾雅和菲娜一臉害臊，修莉則露出開心的表情。

「可是，請容我說句話。當時我真的嚇了一大跳。妳突然說要跟路圖姆比賽，父親大人又不阻止，連艾蕾羅拉也答應讓妳上場比賽，妳知道我當時是什麼心情嗎？」

堤莉亞用手指著我的臉。妳這麼說，我也沒辦法啊，這一切都要怪那個惹毛我的大叔。

「我當時緊張得七上八下的，妳知道我看比賽時有多麼擔心嗎？」

堤莉亞這麼說，諾雅等人也點頭附和。

「每次對手拿劍指著妳，我就想馬上喊停。」

看來我讓她相當擔心。

「可是妳卻打倒騎士，甚至戰勝了路圖姆。我簡直不敢相信眼前的一切。」

堤莉亞看著諾雅等人，彷彿要尋求她們的同意。

三個女孩都點頭同意堤莉亞所說的話。

看來我真的讓她們三個很擔心。

後來就跟希雅一樣，堤莉亞也向我轉告麗妮亞想說的話。

「堤莉亞，我想為校慶的事情答謝妳。」

雖然還沒想到要怎麼答謝，我還是為了轉移話題而這麼說道。

「我已經收到謝禮了呀。」

堤莉亞的目光轉向床鋪。枕頭旁邊放著我在校慶第一天送給她的熊緩和熊急布偶。

「可是，如果可以的話，我想拜託妳讓我看看妳的熊召喚獸。」

「召喚獸？」

「對呀，因為芙蘿拉和母親大人總是很高興地說牠們有多可愛、多柔軟嘛。而且，昨天芙蘿拉也說她有跟熊熊一起玩。」

「熊熊？我們有一起玩喔。」

「可以是可以啦，但我真的能召喚嗎？」

「我已經聽父親大人和母親大人、芙蘿拉說過牠們是很乖巧的熊，沒關係的。」

得到堤莉亞的許可，我把熊熊玩偶手套舉到前方，召喚正常尺寸的熊緩和熊急。

「真的是熊耶。我可以摸牠們嗎？」

堤莉亞這麼問，但我還沒回答，芙蘿拉公主就一邊叫著「熊熊！」一邊抱住了熊急。

「好像沒問題呢。」

看到芙蘿拉公主高興的樣子，堤莉亞雖然有些膽怯，還是摸了摸熊緩。

「真的好軟喔。」

堤莉亞摸了一下熊緩，發現牠不會反抗之後，就跟芙蘿拉公主一樣抱住了牠。修莉也加入她們，上前抱住熊急。

「優奈，我可以坐到牠的背上嗎？」

「可以啊，但是不要在牠背上胡鬧喔。」

我一准許，堤莉亞就說：「我才不會做那種事呢。」高興地爬到熊緩背上。因為這個房間很寬敞，所以才能這麼做。芙蘿拉公主也坐到熊急背上，姊妹倆一起在房間裡繞圈圈。

修莉和諾雅也加入她們，四個人一起和熊緩與熊急玩耍。

這段期間，我打算去解決另一個約定。

「堤莉亞，我可以去見國王嗎？」

我這麼問高興地騎在熊緩背上的堤莉亞。雖然麻煩，我也必須去送棉花糖給國王，這是我今天來拜訪城堡的目的之一。

「父親大人嗎？」

因為我只說今天要去見堤莉亞，所以士兵好像沒有去叫國王。我想應該是艾蕾羅拉小姐替我著想，才這麼安排的。

「我跟他約好要帶棉花糖來，如果不能見面，可以替我轉告他一聲嗎？」

要是沒有拿棉花糖給他就回克里莫尼亞，之後又要聽他抱怨，那就麻煩了。

「可以的話，請妳跟他說我下次來的時候再給他。」

就算沒辦法當面拿給他，我還是要表現出有帶棉花糖來的樣子。

「嗯～等我一下喔。」

堤莉亞稍微思考，從熊緩身上下來，然後走到房間外。過了一下子，她就回來了。

「我剛才拜託他過來了，應該再過一陣子就會到。」

也就是說，她把國王叫來了？

該不會是用我的名字叫來的吧。

「我過去找他也可以啊。」

「沒關係啦。如果他沒辦法來，其他人會來通知的。」

只是為了請國王吃棉花糖就把他叫來，以一般常識來說根本出局吧。

可是過了一陣子後，國王真的來到這個房間了。

「妳今天在堤莉亞的房間啊。」

「因為我在校慶受到堤莉亞不少照顧，所以來向她道謝。」

「不過，這是什麼狀況？」

堤莉亞和芙蘿拉公主、修莉和諾雅都騎著熊緩和熊急，高興地玩耍。

這一點也不像是該出現在公主殿下的房間的狀況。

「是我拜託優奈讓我看看她的召喚獸的。」

堤莉亞坐在熊緩背上，替我說話。看到堤莉亞這個樣子，國王放棄吐槽。然後，他轉頭看著我。

「我聽說妳有事找我，是什麼事？」

「我帶了上次答應你的棉花糖來，你要吃嗎？」

「啊啊，是那個啊。妳叫我來就是為了這件事嗎？」

「是啊。」

看來堤莉亞並沒有轉達棉花糖的事。

可是，國王坐到椅子上說「那就來嚐嚐吧」。

我開始準備做棉花糖，把棉花糖機和粗砂糖放到桌上。國王興味盎然地看著棉花糖機。

「這是什麼？」

「這是用來做點心的機器。」

我在國王眼前觸碰棉花糖機的開關。過了一陣子，細絲般的糖從機器中噴出，我用畫圈的方式把糖絲纏繞到棒子上。

棉花糖在轉眼間完成。

「這東西的原料只有粗砂糖嗎？」

「味道很甜，可以搭配飲料一起吃。」

我從熊熊箱裡拿出茶。

「妳的道具袋裡真是什麼都有呢。」

這可不是某個貓型機器人的口袋，並不是什麼都有。裡面只裝著我放進去的東西。

「話說回來，妳真的知道很多神奇的知識呢。」

國王豪邁地咬了一口棉花糖。

「好甜。」

「因為這種點心是用砂糖做的，所以很甜。」

「這種融化的口感真有意思。」

「父親大人，我也想吃。」

國王把棉花糖遞給芙蘿拉公主。於是，芙蘿拉公主開心地吃了起來。

不論如何，我已經遵守了約定，國王應該不會再抱怨了。

「對了，艾蕾羅拉不在啊？」

「艾蕾羅拉小姐為了拿工作的資料，回家一趟了。」

我沒有說出她拋下工作，在跟希雅討論餐會的事情。畢竟起因是我提到關於那家店的事。

順利向堤莉亞道謝並完成與國王的約定後，我離開城堡。

「優奈，下次妳要挑我也在的時候來拜訪喔。」

就算堤莉亞這麼說，我也都是一時興起才會來城堡，所以只能祈禱可以碰巧遇見她了。可是考慮到以前的情況，只靠運氣可能一輩子也見不到面吧。

「我不知道什麼時候會來，沒辦法保證喔。」

「熊熊，下次還要來喔。」

「好的，我一定會來。」

我向芙蘿拉公主這麼保證。

「妳對我和芙蘿拉的態度怎麼有點不太一樣？」

「堤莉亞要上學，不一定能見到我，可是芙蘿拉公主隨時都待在城堡，所以我一定能見到她嘛。」

「優奈，妳好過分喔。」

這可不能怪我。我要不要去城堡是看心情決定。可是，我下次或許該替堤莉亞準備一份食物。

那天晚上，艾蕾羅拉小姐下班回家後向我們抱怨國王又罵了她的事。

「我只是跟希雅他們稍微討論一下，然後去跟賽雷夫商量才回去工作而已嘛。」

這次我也有責任，但我覺得身為大人就應該知道事情的優先順序。我這麼一說，她卻——

「當然是女兒的事情比較重要嘍。」

這個回答真像艾蕾羅拉小姐的作風。可以毫不猶豫地這麼回答，艾蕾羅拉小姐真是父母的表率。可是，這次的事情又不是關係到性命或將來的大事，所以我很想勸她以工作為優先。

「對了，優奈，妳明天就要回去了吧？」

「我總不能一直待在王都嘛。」

我不能一直帶著諾雅、菲娜和修莉到處跑，所以明天早上就要回克里莫尼亞了。

使用熊熊傳送門就能馬上回到克里莫尼亞，周圍的情況卻不允許我使用。

「那麼，我會派馬車送妳們去王都大門的。」

「又可以跟熊緩和熊急一起旅行了。修莉，我們就坐在一起吧。」

「嗯！」

經過這幾天的相處，諾雅和修莉已經變成好朋友了。看到貴族和平民相處融洽的樣子真令人開心。

「馬力克斯他們說明天早上要來送行呢。」

其實我不需要馬車也不需要送行，卻說不出口。而且，諾雅和修莉也很期待騎乘熊緩和熊急。

因為這些理由，我無法使用熊熊傳送門。這次我決定放棄，騎著熊緩和熊急返回克里莫尼亞。

「菲娜、修莉，妳們隨時都可以再來玩喔。」

「好的。」

「嗯。」

「諾雅也要乖乖聽克里夫的話喔。」

「我知道。」

「優奈，如果這孩子耍任性的話，記得跟我告狀。」

「母親大人！」

經過一番道別，這天的我們享用了一頓豐盛的晚餐。

304 校慶的感恩餐會 馬力克斯篇

優奈小姐回去克里莫尼亞了，校慶的熱潮也漸漸平息。

今天學校放假，我們要邀請來攤位幫忙的朋友和同學一起聚餐。地點是艾蕾羅拉大人介紹的餐廳，目前還沒有開幕。

因為只有希雅知道餐廳在哪裡，所以我們會在校門口集合，然後大家一起過去。

「這樣就全員到齊了吧？」

所有人都準時抵達，這樣就能出發了。

「馬力克斯很期待這次的聚餐嘛。」

「我沒吃早餐就來了。」

既然是國王陛下開的店，東西不可能難吃。

「堤莉亞大人晚點才會來吧？」

「她好像知道地點，晚點才會來。」

目前在場的人之中只有聽艾蕾羅拉大人說過的希雅知道餐廳的地點。我們有先問希雅餐廳在哪裡，她卻只是笑著帶過。從她的表情看來，肯定有什麼隱情。

我們在希雅的帶領之下前往餐廳。大家都很期待。

然後，我們抵達目的地。

「希雅，是這裡嗎？」

站在餐廳前，所有人的目光都被入口處的東西吸引了。

「嗯。」

店面很高大，是一棟氣派的建築。不過，最引人注目的是入口處的兩尊熊擺飾。

其中一隻熊拿著巨大的湯匙，另一隻熊則拿著巨大的叉子。

「啊，我有聽父母說過這家店的事。」

「我也聽說有熊造型的擺飾。」

好像有幾個人知道這家餐廳，但提摩爾和卡特蕾亞不知道。

「希雅，這家店該不會是……」

「嗯，跟優奈小姐好像有關係。」

「優奈小姐……」

她竟然和城堡經營的店有關係，我已經啞口無言了。

打扮成熊的神祕女孩——她比我強，甚至比擔任騎士團長的路圖姆大人更強，希雅還說她是認識國王陛下的平民，真是個讓人一頭霧水的女生。

「總之先進去裡面吧。」

希雅這麼說，我們便走進店裡。這時候，一名廚師裝扮的女性出來迎接我們。

「我們已經恭候多時了，各位是學校的學生吧？」

「是的，我們可能會有點吵，請多多包涵。」

「沒問題，我們已經聽艾蕾羅拉大人說過了。那麼請坐。」

店內的裝潢洋溢著高級感，但也有熊。優奈小姐到底有多大的影響力啊？

大家都在店內四處張望，同時找位子坐。

餐桌上已經擺著香噴噴的麵包了。

「我們馬上端其他料理過來。」

女性低頭行禮，然後走向深處的房間。過了一陣子，料理陸續上桌。

我一個人起立，看著大家。

「大家請聽我說。這次感謝大家臨時答應我們的請求，到攤位幫忙。多虧有你們，這個攤位才能拿到餐飲類的第三名。為了表示謝意，大家盡情吃吧！」

我們拿起飲料乾杯，開始享用料理。

正如艾蕾羅拉大人所說，每一道料理都很美味。

大家都津津有味地吃著。

「馬力克斯，這裡的菜都好好吃喔。」

「錢的事情沒問題嗎？」

「沒問題，你們不要客氣，儘管吃吧。」

聽到我這麼說，大家都放心地大快朵頤。

艾蕾羅拉大人說不必付錢，但我們想要親自對來幫忙的朋友表達謝意，所以還是支付了一部分的費用。

雖然我們不覺得自己付的錢足以負擔，艾蕾羅拉大人還是收下了。

大家一邊享用料理，一邊熱烈地聊著校慶的話題。

「這次的校慶發生了很多事呢。」

「像是熊獲得獎品的事件。」

「那件事啊。」

「我有看到喔，一個打扮成熊的女生輕鬆用小刀射中標靶。」

「我只有在路上見到，她的打扮是可愛的熊熊呢。」

「希雅認識她吧？」

「嗯，我是認識，但我不能說出關於她的事情。」

沒錯。就算說了，其他人也不會相信吧。而且，艾蕾羅拉大人也請我們不要把優奈小姐的事說出去。

「棉花糖店也引起不少話題，大家都說那是很神奇的食物。」

「我還以為一定能拿冠軍呢。」

「缺點在於吃不飽，而且有點容易膩嘛。如果有不同口味的話，搞不好能拿第一名。」

我們在練習時吃過好幾次，的確在途中就膩了。棉花糖可以調味嗎？如果可以的話，明年或許能拿第一名。

後來，我們聊到校慶中最有趣的事，氣氛相當熱絡。

「路圖姆大人和女學生的比賽很精彩呢。」

我也很想看。這傢伙說他偶然在現場，看了比賽。

「那麼可愛的女生竟然能擋住或躲開路圖姆大人的劍，最後還獲勝了，我簡直不敢相信。」

「我懂，她那種流暢的動作真的很漂亮。而且，在每次移動時左右飄逸的長髮也很美呢。」

麗妮亞也加入優奈小姐的話題。優奈小姐的頭髮確實很長。

「知道女生也能變得那麼強，我就開始有鬥志了。」

看過比賽的人好像都很感動，聊得很熱絡。

可惡，我才不羨慕你們呢。我已經跟本人約好下次要跟她比賽了。比起觀看比賽，肯定是參加比賽比較有趣。

現場只有我們知道參加比賽的女學生和打扮成熊的女生是同一個人。

我們一邊吃飯，一邊開心地聊著校慶的話題，這時，開門的聲音傳來。我們轉頭望向房門，看見提莉亞大人。她的身邊還站著另一個人。

「父親大人，請容我再度提醒，千萬不可以打擾大家喔。」

「我知道，視察過後我就會回去了。」

堤莉亞大人的父親不就是國王陛下嗎？國王陛下怎麼會來這裡？

並不是只有我，在場的所有人都這麼想。於是，所有人都看著我和希雅。

希雅搖搖頭。我當然也不知道。如果我知道國王陛下要來，早就通知大家了。

國王陛下和堤莉亞大人一起走向我們。

大家都感到緊張。

「你們不必這麼拘謹，我只是來視察這家店而已。」

「明明就是拿我當藉口蹺掉工作。」

堤莉亞大人傻眼地看著國王陛下。

「少囉嗦，別破壞國王的威嚴。我只是來視察即將開幕的餐廳而已。」

就算如此，也不用專挑今天來吧。大概就跟堤莉亞大人說的一樣，這只是逃離工作的藉口吧。

話雖如此，沒有人會真的這麼說。不，應該是不敢這麼說。

「話說回來，艾蕾羅拉還真的做了熊擺飾啊。」

國王陛下看著店裡的熊擺飾。

「這是艾蕾羅拉做的嗎？」

堤莉亞大人也同樣看著熊擺飾。

「因為那傢伙在克里莫尼亞的店也有同樣的熊，所以艾蕾羅拉問我能不能製做，我就准許了。」

那傢伙的店是指優奈小姐的店嗎？

對了，我曾聽希雅說過，優奈小姐有在克里莫尼亞開店。

優奈小姐的店裡也有同樣的熊擺飾嗎？

可是，這樣一來就能確定優奈小姐真的有參與這家店的籌備了。

在實習訓練受她護衛的我們對優奈小姐有一定程度的了解，其他人卻不懂國王陛下究竟在說什麼，只是一臉疑惑。

後來，國王陛下坐到位子上，開始點餐。

堤莉亞大人露出無奈的表情。

「吃過之後就要回去喔。」

「我知道，我不會打擾你們的。」

我們跟國王陛下在同一個地方吃飯，沒辦法大聲聊天，所以每個人都靜靜地吃著料理。這段期間，我們太在意國王陛下，根本無心品嚐料理的味道。

不過，救世主出現了。

希雅的母親——艾蕾羅拉大人出現在店內，而且還在一番爭論之後把國王陛下帶走了。大家都用尊敬的眼神看著艾蕾羅拉大人。

「希雅的媽媽真厲害。」

「艾蕾羅拉大人好帥喔。」

希雅說：「她沒有那麼厲害啦。」可是她能對國王陛下暢所欲言，甚至把國王陛下帶走，所以我覺得她是很厲害的人。我們向希雅表達對艾蕾羅拉大人的感謝之意。

「而且她年輕又漂亮。」

的確，第一次見到艾蕾羅拉大人的時候，我還以為她是希雅的姊姊。

於是，餐會順利（？）結束，做菜的廚師問我們感想，可是對於有國王陛下在的期間吃的料理，我們只能給出模糊的答案。

不過，那些料理確實很美味。

最後布丁上桌，大家都吃得心滿意足。

這應該也是優奈小姐發明的料理吧。

她真是個不可思議的人。

304 校慶的感恩餐會 馬力克斯篇

305 熊熊發繪本

在校慶留下了美好回憶的我們搭乘馬車到王都的出口，然後騎著熊緩和熊急回到克里莫尼亞。

結果我還是沒有對諾雅和修莉說出熊熊傳送門的事。

我把菲娜和修莉送回堤露米娜小姐和根茲先生那裡，把諾雅送回克里夫那裡。把他們的寶貝女兒送回家之後，我的工作就結束了。

雖然校慶很有趣，但我還是暫時不要去王都好了。據說一則謠言不會傳超過七十五天，不過兩個半月好像有點太久了。

不論如何，我暫時沒有去王都的打算，想在克里莫尼亞過悠閒的日子。

今天我要把艾蕾羅拉小姐給我的熊熊繪本第三集送去給孤兒院的孩子們。

「熊姊姊，謝謝妳。」

「謝謝妳。」

幼年組的孩子們高興地收下繪本。我跟上次一樣給他們三本，交代他們相親相愛地一起看。

然後我跟院長聊了一陣子，再去看了看孩子們在養鳥小屋工作的情況。大家都很認真工作。

我向正在工作的堤露米娜小姐和莉滋小姐詢問養鳥小屋的狀況。

「大家都很認真工作喔。」

「最近鳥兒變多了，一切都很順利。」

「有妮芙小姐來幫忙照顧孩子們，真的讓我們輕鬆不少。」

來自密利拉鎮的妮芙小姐被活潑的孩子們包圍，似乎工作得很快樂。我偶爾會看到她罵孩子的模樣，可見她也會好好教育孩子們。

就算有妮芙小姐幫忙，三個人經營孤兒院應該還是很辛苦。

我問到這一點，莉滋小姐就說現在不用煩惱錢和食物的事，所以已經很輕鬆了。

我覺得陪伴精力充沛的孩子們應該很累，她們卻好像不這麼認為。

我正在跟堤露米娜小姐和莉滋小姐聊天的時候，幾個孩子走進屋內。

「莉滋老師，我們可以去喝水嗎？」

「要先把手洗乾淨再喝喔。」

「好～」

我交代照顧鳥兒的孩子們一定要洗手和漱口，免得生病。

孩子們都會遵守約定，養成洗手等等的好習慣。

堤露米娜小姐工作的辦公室裡設有飲水處和冰箱，好讓勞動的孩子們可以隨時補充水分。

孩子們津津有味地喝著水，額頭上滲著微微的汗珠。

我這才發現，最近天氣好像變得比較溫暖了。仔細一看，在養鳥小屋工作的孩子們都在流汗。我的熊熊裝備具有維持適溫的功能，所以我沒有發現，天氣差不多要開始變熱了嗎？

離開孤兒院的我回到熊熊屋，使用熊熊傳送門前往雷多貝爾先生給我的，位在拉魯滋城的小房子。

我覺得自己好像已經很久沒有來這座城市了，但距離上次造訪其實沒有過多久。

我走到屋外，見到初次抵達時沒有看到的藍天。我在藍天之下往雷多貝爾先生的店出發。

擦身而過的人們都用好奇的視線瞄著我，嘴上還說著「熊熊？」、「熊？」等等一如往常的臺詞。

在克里莫尼亞已經很少這樣了，但一來到其他城市，路上行人都會盯著我看。

我把熊熊連衣帽往下拉，遮住自己的臉。

我來到雷多貝爾先生的店裡，男店員一看到我就露出驚訝的表情。

「雷多貝爾先生在嗎？跟他說是優奈來了，他應該會知道。」

我這麼拜託男店員，他便說「請稍等一下」，然後走上店內深處的階梯。

店裡只剩下另一個店員和我共兩個人。店員雖然看著我，卻沒有主動攀談。

去叫人的店員回來之前，我在店內稍微逛了逛。

店裡裝飾著古董和畫作。有沒有什麼有趣的東西呢？在家裡裝飾一些藝術品也不錯。可是，我對這類東西的好壞不太了解。我不像諾雅那麼誇張，但要裝飾的話或許還是放個熊熊擺飾比較好。

「說到畫……」

我看到畫作，便想起自己在校慶請人畫的肖像。回去就把它掛起來好了。

我在店內逛了一陣子，剛才的店員就回來了。雷多貝爾先生從他身後走出來。

「熊姑娘，歡迎妳來。這次來有什麼事嗎？」

「新的繪本完成了，所以我拿來給愛露卡。」

我從熊熊玩偶手套中取出熊熊繪本第三集。

「哦，愛露卡一定會很高興。」

「那就請你交給她了。」

「不，還是請妳親手交給愛露卡吧。那樣一來，愛露卡會更高興。」

我走向位於樓上的雷多貝爾先生的住家。

一走進房間，我就見到了愛露卡和她的母親瑟芙爾小姐。愛露卡的懷裡抱著熊緩的布偶。她好像很珍惜布偶，太好了。熊急不在嗎？

「熊熊！」

愛露卡一看到我便用小小的雙腳跑了過來。

「妳好啊，我帶新的繪本來嘍。」

我把熊熊玩偶手套叼著的繪本交給愛露卡。愛露卡很高興地收下繪本。

「愛露卡，要跟人家說謝謝呀。」

母親瑟芙爾小姐對高興地看著繪本的愛露卡這麼說。

「謝謝熊熊。」

「不客氣。」

愛露卡跳到沙發上，翻開繪本。她把熊緩布偶放在腿上。

瑟芙爾小姐糾正她的行為，但她太專心看繪本，沒有聽到。瑟芙爾小姐對我道歉，說要去泡茶便離開房間。

「抱歉，愛露卡好像很喜歡妳畫的繪本，一直很期待續集。」

我很高興，但也很害臊。

「對了，妳怎麼會來這座城市？有什麼事嗎？」

「我只是拿繪本過來而已。」

「難道只是為了送繪本過來，妳就特地來到這座城市？」

雷多貝爾先生很驚訝。

聽到我專程送繪本過來，也難怪他會驚訝。因為有熊熊傳送門，所以我不用在意路途遙遠。

「抱歉讓妳從王都專程過來。」

雷多貝爾先生對我低頭。

然後，瑟芙爾小姐端茶過來了。

「謝謝妳對我女兒這麼好。」

「我們很想答謝妳……」

「我之前拿到了一棟房子，已經很夠了。」

多虧那棟房子，我才能設置熊熊傳送門，輕鬆拜訪這座城市。光是三本繪本和布偶，根本不到那個價值，所以我拒絕了他們的謝禮。

「可是，妳是特地送繪本過來的吧？」

「是沒錯啦。」

我不能說出熊熊傳送門的事，只好模糊其詞。

雷多貝爾先生陷入沉思。我不知道雷多貝爾先生在想什麼，拿起瑟芙爾小姐端來的冰茶喝了一口。這是高級的茶吧。嗯，真好喝。

最近因為常在城堡或克里夫、艾蕾羅拉小姐那裡喝到高級的茶，我漸漸開始能分辨味道了。

「我記得妳住在王都吧。」

雖然不是，但因為我先前跟王都的公會會長——莎妮亞小姐在一起，所以雷多貝爾先生似乎誤以為我是王都的居民了。說實話可能會更麻煩，所以我保持沉默。

「妳知道王都的商業公會會長是誰嗎？」

「我記得是個老婆婆吧。」

購買土地的時候，我曾經見過她一次。

「那麼，如果妳有什麼困擾，可以跟會長提起我的名字。我會拜託對方稍微給一點方便的。」

我有艾蕾羅拉小姐、葛蘭先生等人脈，卻沒有在王都的商業公會受人照顧過。

不過，我不知道以後會如何，所以決定心懷感激地接受這份好意。人脈廣總不會有壞處。

「既然這樣，有什麼困擾的時候，我會那麼說的。」

聽到我這麼說，雷多貝爾先生露出高興的表情。

然後，我一邊喝茶一邊跟雷多貝爾先生聊天，看完繪本的愛露卡就跑到我這裡來了。

「熊熊會變小嗎？」

「只有繪本裡的熊熊會變小喔，真的熊不會。」

因為愛露卡問了跟芙蘿拉公主一樣的問題，所以我告訴她真實的情況。要是她長大後因此出糗，那就太可憐了。

聽到我這麼說的愛露卡露出難過的表情。

考慮到她的將來，我不能對她說謊，這也沒辦法。

可是，愛露卡不認識熊緩和熊急，所以似乎比芙蘿拉公主更容易理解我的話。

喝完茶的我表示謝意，然後和雷多貝爾先生與愛露卡道別。

我正走向雷多貝爾先生給我的房子時，有人從後面呼喚我。

「是優奈嗎？」

我回過頭，看見幫忙替露依敏拿回手環的冒險者——米蘭妲小姐等人。

「這個背影果然是優奈沒錯。」

「米蘭妲，不管誰來看都知道是優奈吧。」

「對呀，看那個可愛的尾巴就知道了。」

米蘭妲小姐被其他隊伍成員吐槽。

也對，就算從我的背影猜到是我也沒什麼了不起，畢竟也沒有其他人會打扮成熊的樣子。

「所以，妳怎麼會來這座城市？露依敏該不會也來了吧？」

「露依敏沒有跟我一起來，我只是來拜訪一下雷多貝爾先生。」

米蘭妲小姐向我詢問後來發生的事。

我說起順利把露依敏送到精靈村落，然後跟她分別的事。當然了，我沒有提到精靈村落的神聖樹，畢竟那是精靈的問題。

「這樣啊，既然露依敏有平安回到精靈村落，那就好。」

「我們一直有點擔心。」

「畢竟她是那種個性嘛。」

露依敏的行事風格的確讓人不太放心，我也無法否認。

「優奈，妳等一下要去哪裡嗎？」

「我正要回去。」

我沒有說自己要回去哪裡。光是說回去，有可能是回旅館、回家、回克里莫尼亞等各種地方。

「這樣啊。如果妳有見到露依敏就告訴她，偶爾也要來跟我們見個面。」

跟米蘭妲小姐等人稍微聊了一下之後，我使用熊熊傳送門回到克里莫尼亞。

然後，我把在校慶拿到的肖像畫掛在自己的房間。

大家的表情都很開心，只有我戴著熊熊連衣帽，一臉害臊的樣子。

不過，這是很棒的一幅畫。

306 熊熊感覺到天氣變熱了

從王都回來的菲娜和修莉有時工作，有時念書，有時跟孤兒院的孩子們一起玩耍。我也會看到諾雅乖乖念書，或是跟菲娜一起玩的樣子。

我有時候會做新的點心，拿去給菲娜和諾雅或是孤兒院的孩子們吃，過著悠閒的日子。

某一天，諾雅收到希雅從王都寄給我的信。信上寫著她跟同學一起去餐廳吃了美味料理的事，並為此重新向我道謝。

可是她也寫到國王中途造訪餐廳，讓大家深感困擾的事。那個人到底在幹什麼啊？他以前也為了布丁而突然跑到我家來，真希望他的行為舉止能更像國王一點。可是，正因為國王是那樣的人，我才能隨興地跟芙蘿拉公主見面。

如果他是充滿威嚴、個性拘謹的國王，我大概沒辦法用輕鬆的態度造訪城堡吧。

這次也只能怪希雅他們運氣不好了。

今天我要到城外走走。

前幾天去諾雅家的時候，諾雅說她「好想出去走走」，所以我今天要帶著諾雅、菲娜和修莉

一起去城外野餐。當然了，我已經取得克里夫的許可了。

「好久沒有到城外了。」

「妳有努力念書嗎？」

「有啊，因為這就是我去王都之前答應父親大人的事嘛。而且要是不念書，母親大人不知道會怎麼唸我。」

為了獎勵認真念書的諾雅，我們要前往城市附近視野良好的山丘。當然了，我們是騎著熊緩和熊急移動。

熊緩和熊急奔上山坡，抵達山丘頂端。

「就選在這附近吧。」

我從熊緩身上爬下來。涼爽的風在山丘上吹拂。

「好舒服喔。」

諾雅從熊急身上爬下來，深吸一口氣。修莉和菲娜也模仿諾雅，開始深呼吸。

「那麼，我會待在這裡，妳們三個去玩吧。」

我這麼一說，菲娜她們便騎著熊緩和熊急在草原上奔馳。我看著她們三個人，享受悠閒的時光。

和平真好。

看到她們三個人開心的表情，我很慶幸有來這一趟。

我躺下來，看著天空。白雲飄浮在藍天之中。在原本的世界，我從來不曾躺在草皮上仰望天空。

然後，菲娜她們開心玩耍的聲音傳進我的耳裡。我閉上眼睛。

舒適的微風為我帶來睡意。

…………

……

我的身體被輕輕搖晃。

「優奈姊姊。」

「優奈小姐。」

「優奈姊姊。」

「咿～」

「咿～」

「……什麼？」

我一睜開眼睛就看到熊緩和熊急與三個女孩都注視著我。

「怎麼了嗎？」

「優奈姊姊，我們肚子餓了。」

「優奈小姐好像睡得很香，我們本來很猶豫要不要叫醒妳，可是肚子又很餓。」

諾雅有點不好意思地這麼說。

我往天上一看，發現太陽的位置改變了。雖然時間不長，不過我好像睡著了。

「那我們來吃午餐吧。」

我起身，把野餐墊鋪在地上。

然後，我從熊熊箱裡取出今天早上做好的飯糰。

飯糰的餡料有密利拉鎮的傑雷莫先生寄來的酸梅和調味過的肉或魚。我還另外用竹筍與精靈村落採到的蘑菇煮了炊飯，捏成飯糰。

分量有點多，反正吃不完再放回熊熊箱就行了。

順帶一提，飯糰的形狀是普通的三角形。我可沒有捏成熊的形狀。

「看起來好好吃。」

我用水魔法幫菲娜等人洗手，再請她們坐在野餐墊上。

「從那邊數過來，依序是酸梅、肉、魚、炊飯口味喔。」

「我喜歡這種炊飯捏成的飯糰。」

「我想要包肉的。」

「我不喜歡那種紅紅又酸酸的東西。」

大家互相談論自己的好惡，各自拿起想吃的飯糰。

我拿起沒有人拿的酸梅飯糰，吃了起來。

嗯，真好吃。

「話說回來，天氣愈來愈暖和了呢。」

諾雅靠在熊緩身上，突然像是想起什麼似的說道。

「優奈小姐穿成這個樣子，不會覺得熱嗎？」

三人的視線落在我這套看起來很熱的熊熊布偶裝上。我稍微捏起布偶裝的布料。

「不會啊，我反而覺得很涼快。」

「真、真的嗎？」

三人的臉上浮現驚訝的表情。

布偶裝看起來毛茸茸的很悶熱，這是一般人絕對不想在夏天穿的其中一種服裝。可是和外表不同，衣服裡保持著舒適的溫度。我真的很感謝神給我這種耐熱、耐寒的完美裝備，可是如果能把這些能力附加在我身上，我就不用打扮成這個樣子了。

如果想避暑，我就得穿上熊熊布偶裝。今後要是變得更熱，我就更離不開熊熊布偶裝了。我很高興能過著涼快的生活，對神的感謝卻打了折扣。

「熊緩牠們不會熱嗎？」

諾雅溫柔地撫摸自己身後的熊緩。

「如果優奈小姐要剃掉熊緩牠們的毛，可以把剃下來的毛送給我嗎？」

「我也想要～」

聽見諾雅的一番話，修莉也舉手附和。

熊緩和熊急好像很害怕地小聲叫了一聲，從諾雅身邊逃到我和菲娜後面。

「牠們好像以為自己會被諾雅拔毛呢。」

「我、我才不會做那種事呢。我只是假設天氣變熱的話，優奈小姐可能會幫牠們剃毛。熊緩和熊急不用那麼怕啦。」

諾雅抱住逃走的熊急。

熊緩和熊急好像本來就跟我一樣擁有耐寒、耐熱的性能，這點熱度不成問題。況且，熊緩和熊急的毛可以剪嗎？

如果毛很快就會再長回來，或許可以拿熊緩和熊急的毛來做棉被。

「說到天氣熱，妳們不會在河裡游泳嗎？」

雖然不像拉魯滋城的河川那麼大，但這裡的城外有田地，附近也有河川。

「呃，我沒有游過泳耶。」

菲娜這麼回答，最後小聲補了一句：「因為媽媽以前生病。」修莉也說她沒有游過泳。的確如此。

看到現在的堤露米娜小姐，我就會忘記以前的事。堤露米娜小姐以前因為生病，沒辦法工作。家裡沒有父親，菲娜為了撐起家計，沒有時間玩樂，只能忙於工作。我聽說當時修莉也不能一個人去玩，必須在家裡照顧母親。

「我有去過河邊幾次，但也只是玩玩水而已。」

我的腦中浮現頭戴草帽，身穿白色洋裝，赤腳踩在水裡玩耍的諾雅。真有夏日風情。

可是，這就表示她們三個人都沒有游過泳嗎？好吧，我也沒有在河裡游泳過，頂多只有在小學的游泳池上過游泳課。

「那麼，雖然不是河邊，下次要不要大家一起去海邊游泳？」

「真、真的嗎！」

反應最大的人是諾雅。

「嗯，難得附近有海嘛。」

只要通過隧道，另一頭就是湛藍的大海了。

以前去海邊必須翻山越嶺，因為某人挖了隧道，現在可以輕鬆前往了。

「我沒有去海邊游泳過，好想嘗試看看。」

「菲娜，妳們也會去吧？」

「可是我不會游泳耶。」

「我也不會。」

這麼說的話，我也不知道自己還會不會游泳，畢竟我最後一次游泳是小學的時候。身體或許還記得吧？

「沒關係啦，就算不會游泳也可以在沙灘上玩水啊。而且海水很涼快，很舒服喔。」

我最後在心中加了句「大概吧」。

因為我根本沒有在夏天去過海邊嘛。

「對了，妳們有下水時可以穿的衣服嗎？」

「呃……是比較輕薄的衣服嗎？」

幾乎沒有去過河邊的菲娜好像不懂。

我問諾雅，她也只有在河邊玩過水，並不清楚。

「嗯～有一種衣服是專門下水用的，可以穿著它在海裡游泳。」

「我沒有那種衣服耶。外面買得到嗎？」

「這座城市可能沒有在賣吧。」

既然沒有地方能游泳，那就不需要泳衣了。雖然有河，但人們似乎不會穿泳衣下水。

「沒關係，沒有的話再請雪莉做就好了。」

雪莉是孤兒院的女孩，很擅長裁縫。替「熊熊食堂」做制服的時候，她的手藝獲得認可，開始在裁縫店工作。替我做熊熊布偶的人也是雪莉。

這樣一來，我得先問問雪莉的工作時程。最好可以趁天氣真的熱起來之前委託她。

「對了，要去的話還得先取得提露米娜小姐和克里夫的許可呢。」

「我會去拜託父親大人的。」

「我也會問問媽媽和爸爸。」

「我也是～」

三個女孩都一臉高興。

於是我開始構思去海邊的計畫。

307 熊熊跟堤露米娜小姐商量去海邊的事

結束野餐後，回到城裡的我開始構思去海邊的計畫。

首先是成員。我要帶菲娜、諾雅和修莉一起去。

而且既然要去密利拉鎮，我也不能忘了安絲等密利拉居民。大家應該都很想念密利拉鎮。

莫琳小姐、卡琳小姐、涅琳等三個人平日辛苦工作，我想帶她們一起來一趟員工旅行。

另外，我絕對不能忘了孤兒院的孩子們。為了讓孤兒院的孩子們看看大海，我還在密利拉鎮蓋了大型的熊熊屋。

可是，要帶孤兒院的孩子們一起去會有個問題。餐廳只要休息就行了，但我還得思考咕咕鳥要拜託誰來照顧。咕咕鳥是生物，沒有人照顧就糟糕了。

而且，我跟菲娜她們說過了，想去海邊就需要泳衣。

一想到必須準備所有人的份，我就發現這件事好像相當棘手。

等到時間過了中午，我前往堤露米娜小姐的家討論去海邊的事。這個時間的她應該已經結束蛋的工作，回到家了。

菲娜和修莉不在，只有堤露米娜小姐在家。

「我昨天聽菲娜她們說過了，真的嗎？」

「真的，所以我才會來找妳商量。」

「商量？」

堤露米娜小姐露出「妳到底想說什麼？」的表情。

請不要用這種好像我每次都帶了麻煩事來的眼神看我。

我說自己想帶莫琳小姐和安絲等人，以及孤兒院的孩子們一起去海邊。

聽到這件事的堤露米娜小姐露出傻眼的表情。

「所有人？妳是認真的嗎？」

「我想說既然要去，乾脆就辦成員工旅遊好了。」

「員工旅遊？」

堤露米娜小姐疑惑地歪起頭。

這個世界或許沒有員工旅遊的概念吧。

「就是感謝員工平時的辛勞，要大家偶爾忘了工作的事，一起開心玩樂的旅遊啦。」

另外好像還有培養同事情誼、消除疲勞的目的。

「讓我們有機會工作，而且還拿到高於普通人的薪水，我們才應該感謝優奈，讓優奈來感謝我們也太奇怪了。」

「沒有那回事啦。要不是有大家在，我根本沒辦法經營下去。我也很感謝在店裡工作的莫琳小姐等人，以及照顧咕咕鳥的孩子們。」

這是我的真心話。

多虧有大家，我才能吃到美食。

「優奈，妳真奇怪。我知道了，告訴我詳細情形吧。」

我向堤露米娜小姐說明我的構想。

「要讓餐廳公休，大家一起去海邊呀。要休息是沒問題，問題在於咕咕鳥的照料工作呢。咕咕鳥每天都會下蛋，我們也已經跟商業公會簽訂每天出貨的契約了。」

堤露米娜小姐立刻舉出問題。我也很在意這件事。

「我想商量的是，能不能跟商業公會借人手？」

「商業公會嗎？」

「我想說能不能在旅行期間僱用人手來照顧咕咕鳥。」

聽到我這麼說，堤露米娜小姐陷入沉思。

「反正蛋也要出貨給商業公會，只要把這部分的工作也交給商業公會就一石二鳥了吧？只要把產下的蛋全部讓商業公會接收，那就不會浪費了。」

「優奈，妳打算去幾天？」

「我還沒決定，大概七天？」

可能多少會變動，我還沒決定細節。

「這個嘛，簡單的打掃和餵食、撿蛋的工作應該沒問題吧？」

「可是，要不要稍微教一下人家怎麼照顧？」

「我想應該沒關係。公會是派固定的人來拿蛋，人家看過我們工作的樣子，也有幫忙過幾次。」

「是嗎？」

「雖然有一半是做好玩的啦。另外，那個人休假的時候會有其他人來代班，所以交給那些人應該沒問題。」

哦，好像有頭緒了。

「那麼，我去跟米蕾奴小姐確認看看。」

「拜託妳了。請幫手的費用就不必在意了，請說我會提供獎金。」

要是在這種時候因為吝嗇而被拒絕，那就麻煩了。

「什麼時候要出發？」

「我另外還有東西要準備，所以打算等天氣更熱一點再去。」

我必須準備所有人的泳衣才行。最重要的是，如果不等天氣熱一點再去海邊，那就沒有意義了。

「這部分也要跟米蕾奴小姐商量才行呢。」

照顧咕咕鳥的問題應該可以解決，看來我可以帶孤兒院的所有孩子一起去玩了。

我正感到放心時，提露米娜小姐接著問道：

「優奈，前往密利拉鎮的交通方式和住宿地點要怎麼辦？人數這麼多會很辛苦的。」

啊，我確實沒想到交通的問題。會需要幾輛馬車呢？

我也可以像以前抓到盜賊那樣，用土魔法做出馬車，再用熊熊土偶拉動。不知道那樣坐起來的感覺如何？

當時我什麼都沒想就做出來了，自己也沒有搭過，所以不知道。

只能再做一次，自己試乘看看了。

「我會處理交通方式的。另外，大家可以住在我蓋在密利拉鎮的房子裡。」

我就是為此才建造大型熊熊屋的。那裡應該可以容納所有人。

「那棟房子有多大？夠住所有人嗎？」

「妳問菲娜和修莉就知道了。」

菲娜和修莉有住過密利拉鎮的熊熊屋一次。

「我知道了。那麼，日期確定了再告訴我吧。我會先跟米蕾奴小姐確認的。」

我拜託提露米娜小姐之後，離開了她的家。

離開堤露米娜小姐家的我為了提早吃晚餐，前往安絲的店。

距離晚餐時間還早，店裡沒有人。我點了海鮮丼，裡面加了烏賊和章魚。

因為沒有其他客人，我請端海鮮丼給我的賽諾小姐叫安絲過來，詢問她關於泳衣的事。

「在海裡游泳時穿的衣服嗎？」

「嗯，我想知道大家都穿什麼去游泳。」

「游泳的打扮啊，應該是類似襯衫的衣服吧？因為很快就乾了。」

我擔心那樣會太透明，安絲就說大家會在胸部纏上類似布條的東西。

「為什麼要問這種事呢？」

「我打算下次找大家一起去密利拉鎮。當然了，我也想請妳們一起去。」

「我們也要去嗎？」

我的發言讓安絲等人都很驚訝。

「嗯，迪加先生應該很擔心妳，妳們也很久沒有返鄉了吧？自從來到這裡，妳們一次也沒有回去呢。」

其中也有人對故鄉有傷心的回憶，所以我當然不會勉強她們。

「我很高興能回去密利拉鎮，但餐廳怎麼辦？」

「休息就好了啊。」

這種事還用問嗎？

「那樣的話，生意會……」

「不用在意啦。就算放假，我也不會扣妳們的薪水。」

「我不是擔心這個，我們現在的薪水就已經很足夠了。」

根據堤露米娜小姐的說法，餐廳的業績非常好。餐廳能賺錢都是多虧有安絲等人的努力，就算放假幾天也沒問題。

「我們住的地方是免費，還有休假，甚至能自由使用店裡的東西。既然要返鄉，我們不能領薪水啦。」

這叫做有薪假──就算這麼說，她們大概也不懂吧。

「我會請妳們幫忙照顧孩子們、替我們帶路，所以妳們就當這是工作吧。」

光是孤兒院的孩子就有相當多的人數，只請院長和莉滋小姐照顧就太辛苦了。雖然還有在孤兒院工作的妮芙小姐，但人手還是多一點比較好。孩子們的行動是未知數。

「堤露米娜小姐會告訴妳們詳情，所以妳們要先準備一下喔。」

吃完海鮮丼之後，我走出餐廳。

然後，這天晚上的我回想著原本世界的泳衣，畫了幾張插畫。

308 熊熊拜訪雪莉

因為我打算請雪莉做泳衣，從昨天晚上就開始回想我在漫畫、動畫、遊戲、電視上看過的泳衣，然後畫在紙上，準備拿給雪莉看。

我畫了學生泳衣、比基尼、連身泳衣等各式各樣的泳衣。

菲娜應該很適合連身泳衣，學生泳衣應該可以給修莉穿吧？

我沒有自己去買過泳衣，也沒有去過海邊或學校泳池以外的地方游泳，所以對泳衣不太了解。

順帶一提，我沒有畫出任何一套性感的泳衣。因為是要給孩子們穿的，所以大多是走可愛路線。我不會畫連自己都不想穿的泳衣。會自願穿上性感泳衣的人大概只有阿朵拉小姐吧。

嗯～雖然畫了很多，我也想聽聽菲娜她們的意見。要是我自顧自地做好之後，她們卻不想穿，我也很困擾，而且還有個人喜好的問題。我也不確定雪莉能做出所有的泳衣。

或許該問問菲娜她們的意見，再跟雪莉當面確認一次吧？

順帶一提，我也畫了男孩子的泳衣，變化卻很少，因為只有泳褲嘛。而且我是女生，總覺得仔細描繪男生的泳褲有點怪。所以，不管怎麼畫都是簡單的造型。

畫完泳衣插畫的我拜訪菲娜和諾雅的家，拜託她們明天抽空來我家一趟。

菲娜和修莉說「好，沒問題」、「我要去」，諾雅則說「我一定會去的」。

最後我為了拜託雪莉，前往雪莉工作的地方——泰摩卡先生的裁縫店。

一走進店裡，娜爾小姐就注意到我了。

娜爾小姐是指導雪莉的泰摩卡先生的太太。

「優奈，歡迎光臨。妳今天也穿得很可愛呢。下次我們店也來做這種衣服好了。」

娜爾小姐一邊開玩笑，一邊向我打招呼。

「要是你們做了，我就要來砸店嘍。」

如果街上出現一大群跟我穿著同樣衣服的人，那簡直是惡夢。所以為了阻止，我用強烈的語氣這麼說。

「優奈這麼說的話，好像真的會來砸店呢。既然這樣，我也只好放棄了。」

我想她也不是真的想做，但就算是抱著好玩的心態去做也很傷腦筋。

「對了，今天有什麼事呢？妳是來拿布偶的嗎？」

熊緩和熊急的布偶很受歡迎，許多人都想要。所以，我拜託雪莉有空就多做一些布偶。

「今天我不是來拿布偶的，而是想拜託雪莉另一件事。我可以暫時借走雪莉嗎？」

「我想應該沒問題，不過還是要問一下泰摩卡。」

娜爾小姐走向深處的房間，馬上就帶著雪莉和泰摩卡先生回來了。

「優奈姊姊，妳是來拿布偶的嗎？」

「不是的，我今天是來拜託別的事。泰摩卡先生，可以暫時把雪莉借給我嗎？」

泰摩卡先生是教雪莉各種裁縫技術的人。為了學會這些技術，雪莉正在努力修行，我會占用到她的時間。

「沒問題。那麼，這次妳想拜託雪莉做什麼呢？」

泰摩卡先生似乎很感興趣。

「我下次打算去一趟密利拉鎮，所以想請雪莉做可以下水游泳的衣服，也就是泳衣。」

「這麼一說我才想起來，好像有人發現了通往密利拉鎮的隧道呢。」

「所以，我想帶孤兒院的孩子們一起去。」

「既然如此，當然好了。妳就儘管吩咐雪莉吧，這也是很好的學習機會。」

「謝謝。另外，去密利拉鎮的時候，我也想帶雪莉一起去，她可以休假嗎？」

「當然可以，要是孤兒院的孩子們可以去玩，卻只有雪莉要工作，那就太可憐了。」

泰摩卡先生很爽快地答應了。

「那個，優奈姊姊，我們真的要去密利拉鎮嗎？」

「我是這麼計劃的。可是，現在還不能告訴大家喔。為了讓大家可以去玩，堤露米娜小姐正

在協調，但還不知道結果會怎麼樣。」

「嗯，我知道了。」

我已經打定主意要去了，但根據咕咕鳥的照顧工作，到時候可能會分成兩個梯次出發。大家應該會想跟交情好的朋友一起去，所以我也想盡量帶所有人一起出發。

「那麼從明天開始，我就暫時借走雪莉了喔。」

「記得要還給我們喔，因為雪莉是我們心愛的女兒嘛。」

娜爾小姐抱住雪莉。

「娜爾小姐？」

「呵呵，我的意思是妳就像我們的女兒啦。」

雪莉一臉害臊，看起來卻有點高興。

我請雪莉明天來我家，然後走出裁縫店。

我順便收下了完成的熊緩和熊急布偶。熊熊箱裡的熊緩和熊急布偶又增加了。

309 熊熊的最高機密被雪莉得知

隔天，雪莉來到熊熊屋。

「歡迎妳來。」

雪莉帶著有點緊張的神情走進熊熊屋。

「菲娜、修莉，還有諾雅兒大人？」

雪莉對屋裡的三人露出驚訝的表情。她們三個才剛到。

「為了挑選要請雪莉做的泳衣，我才會找她們三個來。」

四個人都到齊了，於是我拿出畫好的泳衣插畫給她們看。

她們拿起攤在桌上的插畫。

「這是內衣嗎？」

「不是啦，是下水要穿的衣服。」

的確，比基尼看起來就跟內衣沒兩樣。

「為什麼要畫我們呢？」

紙上畫著以菲娜、修莉和諾雅為模特兒的泳衣插畫。

要穿泳衣的是孤兒院的孩子們。所以，我才試著以菲娜她們為泳衣模特兒畫了插畫。比起只畫泳衣，畫出模特兒穿著泳衣的樣子，比較容易想像具體的印象，畫起來也比較容易。

「因為我覺得也畫上菲娜妳們，給人的印象會比較具體。」

順帶一提，我也畫了背面的樣子。雖然畫起來很麻煩，但這樣印象會比較具體，雪莉應該也會比較好製作。

泳衣插畫從學生泳衣、比基尼到連身泳衣等各式各樣的設計都有。有些帶著小小的蝴蝶結，有些有荷葉邊，我畫了許多不同的版本。大家對細節的喜好應該都不同。另外，光是改變顏色也能讓泳衣的風格產生變化。

「看到自己被畫出來，感覺有點害羞呢。」

「優奈姊姊，我們要穿著這個游泳嗎？」

「因為這樣比較好游啊。穿著普通衣服游泳是很危險的，可能會因此溺水喔。」

安絲說她們會纏著布條游泳，應該也是差不多的道理。

「可是，這種荷葉邊的裙子會不會太短了？」

菲娜看著以自己為模特兒的泳衣，露出害羞的表情。

「那算是裝飾啦，是為了讓泳衣更可愛。拿掉也可以喔。」

我把沒有荷葉邊的普通比基尼和連身泳衣的插畫拿給她看。

「每一件都很令人害羞。」

就算害羞，游泳還是一定要穿泳衣才行。

「菲娜，那妳要不要選這件？我覺得比較不會害羞。」

「姊姊可以選這件。」

諾雅和修莉把自己挑選的泳衣插畫拿給害羞的菲娜看。

「比起這件，我應該會選這件吧？」

「這件也不錯吧？」

「這件很可愛。」

菲娜有時點頭附和，有時否定諾雅和修莉的建議。三人都很開心地挑選著。

可是，另一個女孩卻用認真的表情看著插畫。

「這件泳衣適合這個顏色，這件做起來應該很難，另外這件比較簡單，好像很容易做。」

雪莉正在思考做泳衣的事。

「做衣服或裁縫的人果然該好好學畫圖。」

「是嗎？」

聽到雪莉的自言自語，菲娜這麼問。

「嗯，做衣服之前要先畫圖，給客人看過之後再開始動工。」

「要訂做新衣服的時候，裁縫師也會先給我看設計圖呢。」

聽到兩人這麼說，諾雅點頭附和。諾雅不愧是大小姐，衣服好像也是訂製的。

「對了，優奈小姐，這裡面沒有熊熊造型的泳衣嗎？」

看著泳衣插畫的諾雅這麼說道。我一時之間沒有聽懂諾雅在說什麼。

「……熊熊？」

「對呀，既然是優奈小姐畫的，我還以為會有熊熊造型的泳衣呢。」

就算是在原本的世界，我也沒看過什麼熊熊造型的泳衣。

「我想穿穿看！」

因為諾雅說了奇怪的話，連修莉也有樣學樣。

「沒有那種東西。」

就算有，我也不會做。

「可是，只要加上熊熊的尾巴……」

不不不，又不是加上尾巴就會變成熊。

要做熊的話，至少也要有手腳和耳朵。頭就用泳帽來表現？

聊著聊著，我的腦中就漸漸浮現熊熊泳衣的設計了。我拿起筆，一不小心就畫出了熊熊泳衣的插畫。

我畫好的插畫有熊掌和熊腳，頭上則戴了有熊臉的泳帽，背後的屁股上有圓圓的熊尾巴。

最近我愈來愈容易想像出熊了。

「好可愛！」

「是熊熊耶。」

聽到諾雅和修莉的反應，我才回過神來，把畫好的熊熊泳衣插畫揉成一團，丟進垃圾桶。

「啊～～～為什麼要丟掉！」

「明明很可愛的。」

諾雅和修莉盯著垃圾桶。

「因為那不是泳衣。」

「好可惜喔。」

我根本不打算做什麼熊熊泳衣。

「來，忘了熊熊泳衣吧，快點選一選。」

「嗚嗚，好吧。」

諾雅和修莉重新開始挑選泳衣。

我把挑選泳衣的事情交給菲娜她們，詢問雪莉能不能做出來。

雪莉認真地看著插畫。

「既然有明確的設計圖，我想應該做得出來。」

太好了。我接著詢問一件重要的事。如果辦不到這一點，那就做不成泳衣了。

「關於做泳衣的布料，我想用碰到水也不會透膚或是破掉，容易風乾，而且有一點伸縮性的布料來做，有這種布嗎？」

聽完我的要求，雪莉陷入沉思。

首先，要是會透膚就出局了，會破掉也不行，容易風乾就更好了。另外，具有一定程度的伸縮性的話，就算有一點尺寸上的誤差也沒問題。

「我要問問看泰摩卡先生才會知道。就算有，我想應該也很貴。」

我不介意價格。

可是說到布，我就想起自己帶著布的事。

「這些可以用嗎？」

我從熊熊箱裡拿布出來。

雪莉接過我拿出的布。她觸摸布料，表情漸漸產生變化。

「這、這些高級布料是從哪裡來的？」

雪莉陶醉地撫摸布料。

以前希雅等人參加學校的實習訓練時，我曾經護衛他們到一個村子。當時村子附近有黑虎出現，而我打倒了黑虎。

這些布料就是那裡的村長感謝我打倒黑虎的謝禮。

看到巨大的蠶讓我有了心理陰影，但與外表相反，希雅說用牠們的蠶絲織成的布料是價格昂貴的高級品。

「這比我們店裡的任何布料都還要好摸呢。」

「這是我以前工作時拿到的東西，妳覺得如何？」

「我可以把它弄溼看看嗎？」

當然沒問題，所以我拿了一個裝水的杯子給雪莉。

雪莉向我道謝，倒了一些水到布上確認。水在布料上形成水珠。

雪莉接著確認布料的厚度和強度，再藉由光線確認布料是否會透膚。

她的眼神很認真，已經像個不折不扣的專家了。

「強度很夠，也可以防水。這種布應該沒問題。」

我把自己有的布料和線全部交給雪莉。

「這麼多？」

「因為要替孤兒院的所有孩子製作，還包括菲娜、修莉、諾雅、安絲和莫琳小姐等人的份嘛。」

「好多人喔。」

「還要過一陣子才會去，有困難就告訴我吧。」

我還可以找泰摩卡先生幫忙。

「不，我想做，請讓我做。」

雪莉用堅定的語氣答道。

然後，她和菲娜等人一起看著攤在桌上的插畫。

她已經拿出幹勁了呢，真可靠。

除了選泳衣之外，我們還有其他事情要做。

「妳們三個，等一下要請雪莉幫妳們量身體的尺寸喔。」

「尺寸嗎？」

菲娜這麼問道。

「諾雅和雪莉應該都知道做衣服時需要知道身體的尺寸。特別是泳衣，要是尺寸不合就糟糕了。妳們可以去隔壁房間量。」

雖然能做到一定程度的調整，但小孩無法穿大人的衣服，大人也同樣無法穿小孩的衣服。就算是同樣的年齡，身材也不一定相同。

「那麼，我先量好了。雪莉，請幫我量尺寸。」

「好、好的，沒問題。」

諾雅帶著雪莉走進隔壁房間。

然後，諾雅很快便走出來，接著輪到修莉，最後則是菲娜走進房間。

「我好期待跟大家一起去海邊喔。」
「嗯，我等不及了。」
「要等天氣再熱一點才會去喔。」
諾雅和修莉高興地看著插畫。過了一陣子，量完尺寸的菲娜從房間裡走出來，然後說出我意想不到的話。
「雪莉說接下來輪到優奈姊姊了。」
「我？我就不用了，因為我不游泳。」
「「「咦……」」」
包括從門後探出頭的雪莉，四個人都露出驚訝的表情。
我說的話有那麼奇怪嗎？
「優奈姊姊，妳不穿泳衣嗎？」
「優奈姊姊不穿嗎？」
「因為我不打算下水游泳嘛。」
「不行啦，要是帶我們去的優奈姊姊不穿，大家都不會穿的。」
「優奈姊姊不穿的話，我也不穿。」
連菲娜都這麼說。
「可是我又沒有要游泳。」

「那我也不穿了。」

「優奈小姐不下水的話，大家都不會下水的。」

是嗎？要是親眼見到大海，孩子們應該會穿著衣服就朝海邊跑去。

「總而言之，優奈小姐一定要穿。」

「嗯，一定要穿。」

諾雅和修莉朝我步步逼近。我從椅子上站起，緩緩後退。可是，有人從後面抓住了我。

「菲娜？」

菲娜從後面抓住我。

她是什麼時候跑到我後面的！

「優奈姊姊，對不起。」

道歉就不必了，可以放開我嗎？

我當然可以用蠻力掙脫，但不能那麼做。

「優奈小姐，請放棄吧。」

「優奈姊姊。」

我動彈不得的時候，雪莉靠了過來。

「優奈姊姊，我要幫妳量尺寸，請把衣服脫掉。」

雪莉拉緊從某處取出的布尺，慢慢靠近我。

「呃，有話好說嘛。我們談談吧，溝通可以解決紛爭，強迫別人不好啦，對吧？」

明明有聽到我說的話，雪莉仍然繼續逼近我。

「優奈姊姊，不知道妳的身體尺寸就不能做泳衣了喔。」

「優奈小姐，請不要再抵抗了。」

諾雅從前方抱住我。

「好啦，放開我吧。」

我放棄抵抗，高舉雙手。

雖然我不想量身體的尺寸，但就算做了泳衣，只要找理由不穿就好了。雖然這樣對雪莉很抱歉……

「真的不可以逃走喔。」

諾雅相信我說的話，放開了我。看到她這麼做，菲娜也放開我。

抓住我的三個人放開我的瞬間，我拔腿就跑……才怪。雖然我很想。

算了，即使量出尺寸，只要不被其他人知道就好了。

我放棄抵抗，走向隔壁房間。

可是，諾雅、修莉、菲娜、雪莉跟著我一起走。我知道雪莉為什麼跟著我，但怎麼連另外三個人也跟來了？

「呃，妳們幹嘛跟著我？」

「優奈小姐可能會逃走，所以我們要看著妳。」

「看著妳。」

諾雅和修莉說道。

連菲娜也點點頭。

「我才不會逃走呢。」

如果要逃走，我早就甩開她們了。

「以防萬一。」

「我會害羞的。」

「為什麼？我們都是女生，應該沒有什麼好害羞的。」

這個嘛，的確沒錯。現場只有年紀比我小的女孩子。

一般來說沒什麼問題，感覺就像在體育課或游泳課時換衣服一樣。

可是身為年長者，尺寸被得知會關係到今後的面子問題。

如果……我是說如果喔，我向神發誓不可能，但如果某處的尺寸比她們任何一個人還要小，我就沒有臉活下去了。

孤兒院的孩子們也要量尺寸。孤兒院之中有些孩子雖然年紀小，發育卻很好。

要是跟她們比較的話……

「那個，優奈姊姊，這件事關係到隱私，所以我不會跟任何人說的。」

雪莉似乎察覺到什麼了，看著我的某個部位這麼說。

她在看哪裡啊？

「只有雪莉可以量尺寸。而且，雪莉要把這些數據當成超機密情報，就算對娜爾小姐夫妻倆也不能透露。要不然，我是不會答應的。」

「好的，我保證！」

「咦～～～～～～」

「咦什麼咦，妳們知道別人的身體尺寸要幹嘛？」

「因為我希望將來可以變得像優奈小姐一樣嘛。」

諾雅開始說些傻話。

「妳有姊姊，以希雅為目標就好了吧。不管怎麼樣，我不答應。如果妳一定要知道，我就用蠻力反抗。」

「該不會要使用暴力吧？」

「才不是。」

我召喚正常尺寸的熊緩和熊急，命令牠們壓制另外三個人。

熊緩壓制住諾雅和修莉，熊急則抱住菲娜，不讓她們亂跑。

「熊緩，放開我啦。」

「熊緩好重喔。」

「熊急……」

「那麼，她們三個就拜託你們了。」

我留下動彈不得的三人，帶著雪莉移動到隔壁房間。

「優奈小姐～～～」

「為什麼連我也……」

我把房門牢牢關上，和雪莉面對面。

「雪莉，如果妳真的告訴別人……」

「我絕對不會說出去，我保證。」

感覺到我散發的壓迫感，雪莉頻頻點頭。我相信她所說的話，把整套熊熊裝備脫掉。

我最近應該沒有吃太多洋芋片和披薩吧？腰圍讓我有點在意，但應該還好吧？

我決定不去思考胸部的事。

嗚嗚，好害羞喔。

雖然對方是比我小的女孩子，被測量尺寸還是讓我很害羞。

訂做布偶的時候，熊緩和熊急一定也是這種心情。要是這些尺寸曝光，我就活不下去了。

為什麼事情會變成這樣……

「好，量完了。」

忍受完恥辱的我馬上穿起熊熊裝備。

熊熊裝備不只是保護我的人身安全，還可以隱藏體型。熊熊裝備是萬能裝備。

量完身體尺寸的我回到客廳，另外三個人依然被熊緩和熊急抱著。

「熊緩，我覺得好熱。」

「好重喔～」

「熊急……」

「放開她們三個吧。」

聽到我這麼說，熊緩和熊急放開了諾雅、修莉和菲娜。

「優奈小姐太過分了。」

「牠們很重耶。」

「為什麼連我也……」

「全都是諾雅的錯。」

「嗚嗚嗚，我只是想知道優奈小姐的身體尺寸而已嘛。」

那就是妳不對的地方。

侵犯隱私權是不對的。

雪莉把寫著超機密數據的紙收進道具袋。因為布料的分量相當多，所以我把道具袋借給她了。

不知道為什麼，我頓時覺得好累。

菲娜她們總算選好泳衣，於是我把畫好的泳衣插畫交給雪莉，再請孤兒院的孩子們、安絲和卡琳小姐等人來挑選。

我當然會請大家順便測量身體的尺寸。

既然我被量了，安絲和卡琳小姐也要量。

「諾雅，妳有好好問過克里夫了嗎？」

我們不久前才去王都參觀校慶，我不確定他會不會允許諾雅再次出遊。

「沒問題的。就是為了這件事，我才會聽父親大人的話，乖乖念書。」

好吧，下次見到克里夫的時候，我會幫諾雅說幾句話的。如果做到這個地步還只有諾雅不能去的話，那就太可憐了。

三個人回家後，我看準「熊熊的休憩小店」打烊的時間，前往店面。

我已經在幾天前向安絲她們告知要去密利拉鎮的事，今天則要通知莫琳小姐等人。

「優奈？」

「莫琳小姐，可以打擾你們一下嗎？」

莫琳小姐和孩子們正在收拾東西。

「今天的工作已經結束了，沒問題。我們就快收拾完了，等一下喔。」

等到收拾工作結束，我向莫琳小姐、卡琳小姐、涅琳等三個人說明要暫停餐廳的工作，大家一起去海邊的事。

「海邊嗎？」

「因為大家都很努力工作，所以就當作是我給你們的謝禮吧。」

「我從來沒有去過海邊呢。」

「我以前也一直待在王都。」

涅琳和卡琳小姐似乎很開心。

「暫時關店沒關係嗎？」

莫琳小姐對暫時關店的事面有難色。

「沒關係，請當作是我對大家的謝意。」

「我們已經從優奈那裡得到還也還不完的恩情了。」

沒有那回事。

莫琳小姐讓我隨時都能吃到美味的麵包，孩子們也受了她不少照顧。

不過，我已經打定主意要去了，莫琳小姐當然也要參加。

後來，我說雪莉要製作可以下水游泳的衣服，必須測量大家的身體尺寸。

不只是莫琳小姐，連卡琳小姐和涅琳也都露出尷尬的表情。

我終於遇到知己了。年紀變大之後，人果然不喜歡被量尺寸。

「那個，優奈小姐，我們什麼時候要去呢？」

「我還沒有決定，要等天氣再熱一點。」

「既然如此，應該來得及吧？」

「湼琳，沒問題的，一起加油吧。」

卡琳小姐和湼琳摸了摸自己的肚子。

「最近試吃太多蛋糕……」

「我也是。」

原來是那個意思啊。

請努力減肥吧。

310 熊熊被傳喚

我正在替海邊的旅行做準備的時候，克里夫有事找我。

當時我待在家裡，克里夫派來的人氣喘吁吁地跑來，拜託我盡速前往宅邸。

我問理由，對方卻說自己並未得知。

嗯～到底有什麼事？我有做什麼惹毛克里夫的事嗎？

要帶諾雅出門的時候，我都會取得克里夫的許可。

我只想到精靈給我的神聖樹茶這個可能性，可是前幾天見面時，菈菈小姐說克里夫有遵守一天只喝一次的約定。所以，他那裡應該還有神聖樹的茶葉。

不管怎麼想，我都沒有頭緒。

我一頭霧水地抵達宅邸，馬上被帶到克里夫在的房間。

「妳來了啊，坐吧。」

我乖乖坐到椅子上。我觀察克里夫的表情，他看起來並沒有生氣。看來他不是為了罵人才叫我來的。

嗯～既然如此，到底是為了什麼？

「找我有什麼事嗎？」

我開門見山地問道。

「國王陛下來信，希望妳去王都一趟。」

「……？呃，意思是國王有事要找我嗎？」

可是，到底有什麼事？國王是第一次主動找我過去。他已經為校慶的事情罵過我了，我想不到其他挨罵的理由。

「在那之前，我必須向妳確認一件事。我現在還是不敢相信，妳真的打倒了克拉肯吧？」

「克拉肯？你該不會到現在還在懷疑我吧？你不相信也無所謂就是了。」

「我說過是為了確認，不是懷疑妳。」

那為什麼現在才要確認？

「到底是不是真的？」

「我真的打倒了。」

「那克拉肯的魔石呢？密利拉的人告訴我，魔石已經交給妳了。妳身上還帶著那個魔石嗎？」

「克拉肯的魔石？我是帶著沒錯。因為肢解克拉肯的老爺爺說這東西應該交給我。」

我本來打算把魔石也送給密利拉鎮，當作復興資金，阿朵拉小姐卻說「魔石是冒險者狩獵魔物的證據」。所以，我收下了克拉肯和蠕蟲的魔石。

後來，克拉肯的魔石一直都沒有派上用場，閒置在熊熊箱裡。

「可以讓我看看嗎？」

我從熊熊箱裡拿出克拉肯的魔石，放到桌上。魔石帶著漂亮的藍色。

「這就是克拉肯的魔石啊，果然很大。」

魔石足足有兩個手掌攤開的大小。

「所以，你到底要這個做什麼？」

「優奈，很抱歉，妳能不能帶著這個魔石去找國王陛下？」

克里夫把克拉肯的魔石還給我，同時這麼說道。

「國王陛下的信裡寫道，如果妳持有克拉肯的魔石，就要請妳火速趕往城堡。」

是不是有什麼麻煩事呢？

發生了什麼需要克拉肯魔石的事嗎？

「只要騎妳的熊，很快就到了吧。」

用熊熊傳送門的話，一瞬間就到了，不過我不能這麼說，於是點頭。

「信上沒有寫理由嗎？」

「沒有，上面只寫著如果妳沒有魔石，就要馬上回信。不過，大概是發生了什麼需要克拉肯魔石的緊急狀況吧。」

既然特地寫信來確認，我也能想像到情況緊急。

不過，既然要我火速趕往城堡，就表示事情很急吧。要去王都是沒什麼問題，反正我還要再過一陣子才會去海邊。只不過，我不久前（在心中）宣誓暫時不去王都，沒想到才過幾天就破功了。

「所以，妳願意去王都嗎？」

「反正也不能拒絕吧？我會去的。」

「妳幫了大忙。」

克里夫對我低頭。

「為什麼你要對我低頭？」

「還用問嗎？這是國王陛下寄來的信，我不可能拒絕。如果妳拒絕，我就得去向國王陛下道歉了。」

「那就硬搶啊？」

「我怎麼可能那麼做。我欠妳人情，諾雅也很喜歡妳，而且如果居民們知道我傷害妳，我就要變成眾矢之的了。」

太誇張了吧。

為什麼克里夫傷害我的話，居民就會生氣？真是莫名其妙。可是，米蕾奴小姐身為商業公會的會長，或許會替我抱怨幾句。

「再說，比起從妳這個打得贏克拉肯的人手上搶魔石，我寧可向國王陛下道歉。」

這個嘛，畢竟克里夫前前後後也幫了我不少，所以只要不是太誇張的請求，我都不會拒絕。

「那倒是。如果天氣再熱一點，我就要去海邊玩了，到時候我可能會拒絕吧。」

「比起國王陛下的命令，妳更重視玩樂啊。呵呵呵呵。」

克里夫笑了。

咦？跟大叔的要求比起來，當然是和孩子們玩耍更重要啊。

而且我都開始規劃了。

如果是芙蘿拉公主或提莉亞的請求，就算要延後行程，我也會去王都，大叔的請求就算了吧。

不過，現在我有時間。真要說有什麼問題的話，頂多就是距離校慶還沒有過多久而已。

「那麼，我會馬上出發的。」

我把克拉肯的魔石收進熊熊箱，離開克里夫的宅邸。

直接使用熊熊傳送門前往王都也可以，但我今天馬上出現在王都就太可疑了。所以，我決定等到兩天後，吃過午餐再用熊熊傳送門移動到王都。

311 熊熊接受國王的委託

我沒能遵守在校慶結束後立下的誓言，來到了王都。算了，只要不靠近學校，應該沒問題。

話說回來，國王找我到底有什麼事呢？

我快步走向城堡。

「優奈閣下，我們已恭候多時。」

大門前的士兵向我打招呼。

他們好像已經接到我一來就要馬上放行的指示。

於是，我在士兵的帶領之下來到一個房間。

「請在這裡稍等一下。」

士兵這麼說，於是我走進房間。房間內部看起來像辦公室。我記得這是我第一次見到國王的房間。

可是，裡頭並沒有國王的身影。

不論如何，既然士兵叫我等，我就會乖乖等。

因為這裡有沙發，所以我從熊熊箱裡拿出茶，喝著茶等待國王。

啊啊，茶真好喝。這是菈菈小姐給我的茶，味道很棒。

話說回來，國王還真慢。

我從熊熊箱裡拿出涅琳試做的蛋糕，吃了起來。

我一口一接著一口。酸酸甜甜的，真好吃。這種蛋糕用了什麼水果呢？涅琳好像正在研究各式各樣的蛋糕，我沒見過的新蛋糕愈來愈多了。可是，因為試吃了太多蛋糕，她很介意自己的小腹。要是不停地試吃，的確會變胖。

話說回來，真的好慢喔，完全沒有國王要來的跡象。我原本還以為艾蕾羅拉小姐會跑來，但她也沒有來。

熊緩、熊急，召喚！

小熊化的熊緩和熊急出現在我面前。

因為很無聊，我摸摸或是抱抱牠們、把牠們扛到肩上，享受療癒的感覺。

不管摸幾次，這種毛茸茸的感覺都很棒。

我正在享受熊緩和熊急帶來的療癒時光，國王就打開門，走了進來。

「讓妳久等了……妳在做什麼？」

我重新看看四周。桌上有沒喝完的茶、沒吃完的蛋糕，還有正在跟熊緩和熊急玩耍的我。

不論從什麼角度看都是耍廢模式。

「因為一直沒有人來，所以我剛才在打發時間。」

「那還真抱歉，但我還是第一次見到有人在等我的期間過得這麼悠閒。」

國王用傻眼的表情看著我，又小聲補上一句：「我好歹也是國王耶。」

「艾蕾羅拉小姐應該比我更誇張吧？」

「妳愈來愈像艾蕾羅拉了。」

我無法苟同。我才沒有那麼糟糕呢。

「所以，你叫我來有什麼事？」

「啊啊，說到這個……」

我把桌上的東西整理乾淨，讓熊緩和熊急坐在左右兩旁。

「不過妳還真快呢。」

「畢竟你在信上叫我盡快趕來嘛。我騎著熊緩和熊急，馬上就趕來了。」

才怪。我又過了兩天的悠閒生活，用熊熊傳送門瞬間就抵達了。

「首先，能讓我確認一下克拉肯的魔石嗎？」

我從熊熊箱裡取出克拉肯的魔石，放在桌上。

「這就是克拉肯的……真大。我可以摸看看嗎？」

我點頭。

國王用雙手拿起克拉肯的魔石，以認真的眼神查看。

他果然需要這個魔石嗎？

「優奈，很抱歉，妳能不能把它讓給我？」

「好啊。」

「我知道這是個無理的要求，但……」

「我說好啊。」

「…………可以嗎？」

國王露出驚訝的表情。

「可以啊，你不是需要它嗎？」

反正我帶著也用不上。

既然國王特地從克里莫尼亞把我叫來，表示他真的很需要這個魔石。如果我今後有需要，到時候再想辦法就好了。

如果我不願意交出魔石，一開始就不會來了。

「不過，我可以問問理由嗎？」

我覺得這個國王應該不會拿魔石來做壞事，但我覺得自己有權知道他想用在哪裡。

國王撫著下巴，娓娓道來。

「這個嘛，妳知道南方有一個國家叫做托里弗姆王國吧？」

國王說得理所當然，但我當然不知道有那種國家，於是搖搖頭。

「……算了。總而言之，從這座王都往南走會遇到一大片沙漠，越過沙漠就會抵達托里弗姆王國。」

原來還有那種國家啊。

話說回來，沙漠啊。我在電視上看過沙漠，但當然沒有去過。不知道那片沙漠有多大？

「所以說，那個國家想要克拉肯的魔石嗎？」

我以為自己答對了，國王卻搖搖頭。

「不，不是那樣。需要魔石的是沙漠中心的城市——迪賽特。」

又有沒聽過的地名出現了。

「由於艾爾法尼卡王國和托里弗姆王國之間的貿易，人們自然而然聚集，最後形成了一座城市，也就是沙漠之城迪賽特。」

以遊戲來舉例，就像是沙漠中心會有綠洲城市吧。

那座城市也有綠洲嗎？

「對我們艾爾法尼卡王國與托里弗姆王國來說，迪賽特城是兩國交流的重要據點。過去支撐迪賽特城的水魔石壞掉了，水魔石會供應生活所需的水給城市的居民。因為沒了魔石，城市的水源減少，已經開始影響居民的生活。再這樣下去，城市可能會荒廢，我們必須阻止那種情況發生。因此，我想起以前曾聽說妳打倒了克拉肯的事，才會請妳過來。」

「我知道你為什麼叫我來了，但城堡難道沒有水魔石嗎？」

如果是要大型的魔石，我覺得城堡應該會有才對。

「妳好像不知道，妳那個魔石的大小相當稀有，更別說是水魔石了，要取得是很困難的。」

的確，在陸地還有辦法戰鬥，想打倒水裡的魔物卻很困難。我想起自己打倒克拉肯時遇到的難關。如果克拉肯到陸地上戰鬥，我就能輕鬆打倒牠了。人是生活在陸地上的生物，當然比較擅長在陸地上戰鬥。

可是，克拉肯的魔石再怎麼大，我也不覺得一個魔石就能支撐一座城市。我針對這一點發問。

「我聽說他們會用魔法陣增強魔石的力量。我畢竟不是專家，不懂詳細原理。」

原來還有增強力量的魔法啊？

真有異世界的風格。

總而言之，我知道有人需要克拉肯的魔石了。

「所以，我希望妳能把克拉肯的水魔石讓給我。當然了，我會準備充足的報酬。」

報酬是錢嗎？我基本上不太需要錢。可是就算如此，對那座城市見死不救也讓人有點良心不安。

「嗯，既然這樣就給你吧。」

如果能幫助別人，我就沒有理由拒絕。而且我就算留著它，也只是閒置在熊熊箱裡而已。

「妳幫了大忙。另外，我還有件事想問妳。妳和那兩隻熊會怕熱嗎？」

國王看著我和坐在我兩旁的熊緩和熊急。

「要說喜歡還是討厭的話，我討厭熱天氣。牠們覺得如何呢？我想應該不怕。」

我個人很怕熱，夏天的冷氣是我的必需品。

我問左右兩旁的熊緩和熊急，牠們「咿～」地叫了一聲。

嗯，就算看著熊緩和熊急的天真表情，我也不懂牠們的意思。

「我換個問法吧，妳和那兩隻熊可以去沙漠嗎？」

「沙漠？我想應該沒問題。」

我有熊熊裝備，不怕嚴寒或酷熱。可是，實際的情形還是要親自去一趟才會知道，熊緩和熊急也一樣。

既然下著暴風雪的雪山都能去了，沙漠應該也沒問題。不過萬一遇到岩漿，那我大概也沒輒。

「那麼，我要委託冒險者優奈。妳能不能帶著這個魔石，前往迪賽特城？」

「我嗎？」

「是啊，妳的熊跑得快，妳又能打倒克拉肯那種怪物，就算在路上遭到魔物襲擊也沒問題吧。」

國王竟然說一個十五歲的少女遭到魔物襲擊也沒問題，多少也該擔心我一下吧。算了，實際上，只要有熊熊裝備，大多數魔物都不成對手。

我也想去看看沙漠裡的城市。可是，我還有去海邊的行程。

但如果只是去一趟，應該沒關係吧？只要用熊熊傳送門回來，就可以節省回程的時間了。

「迪賽特城是什麼樣的城市？」

「這個嘛，我剛才也說過了，它是一座人們自然而然聚集所形成的城市，所以並不屬於任何國家，是中立的城市。」

「既然你會拜託我提供水魔石，我還以為那是這個國家的領地呢。」

「雖然過去曾有過紛爭，但現在艾爾法尼卡王國和托里弗姆王國簽訂了互不侵犯條約，使那裡成了中立地帶。所以，迪賽特城應該對兩國都有提出水魔石的請求。可以的話，我想搶在托里弗姆王國之前提供，賣個人情。」

賣人情啊，當國王也得思考這種事呢。

這件事背後一定有國與國之間的勾心鬥角。

「幹嘛擺出這種奇怪的表情？妳別誤會了，我們兩國的關係很友好。」

「是嗎？」

「我剛才也說過，只是以前有過一點紛爭罷了。」

「可是，你不是說要賣人情嗎？」

「就算現在相安無事，也不代表會永遠和平吧？在我的下一代或許會發生什麼事，國境一帶的情報是愈多愈好。」

原來如此，這就是對未來的投資吧。

只要先賣人情，另一個國家有什麼可疑行動時，那座城市或許會提供情報。

當國王就要時常未雨綢繆呢，真是一份麻煩的工作，我絕對做不來，一定會把工作推給別人。

「另外，我會把這份委託歸類在Ｂ級。」

「Ｂ級？」

「委託內容包含那個大型魔石。如果委託內容是取得那種大小的魔石，階級也差不多這麼高。」

的確，如果委託內容是取得克拉肯的魔石，那就得打倒克拉肯或是向持有者購買。就算想購買，也要先找到持有者，找到之後還要進行交涉，另外也有錢的問題。

考慮到這些困難，或許真的是相當於Ｂ級的委託吧？

「只要帶去就可以了吧？」

「是啊，沒錯。」

「那我接下這份委託。」

我決定去沙漠觀光一下。

國王從桌子的抽屜裡取出某樣東西，遞到我面前。

「妳把這封信交給迪賽特城的領主——名叫巴利瑪的男人吧。上面寫了關於妳的事，這是為了防止妳跑到迪賽特城鬧事。」

「我才不會鬧事呢。」

「開玩笑的。要是突然有個打扮成熊的女孩跑去，對方可能不會答應見面。只要看到信上的印記，他應該就會見妳了。」

信上蓋著看似王室徽章的印記。

「既然你已經準備了信，就表示你一開始就打算叫我去吧。」

「保險起見，我準備了兩封。」

國王拿起另一封信給我看。

看來為了因應被拒絕的情況，他準備了兩封信。

我把克拉肯的魔石和信收進熊熊箱，召回熊緩和熊急。

然後，從沙發上站起的瞬間，我想起一件事。

「啊，對了，我想去見過芙蘿拉公主再出發，可以嗎？」

我想拿涅琳新做的蛋糕去給她吃。

而且校慶結束之後，我已經答應她會再來拜訪。

「可以是可以，但我希望妳能盡量早點出發。」

「了解。」

我取得國王的同意，為了去見芙蘿拉公主而走出辦公室。這時候，國王也一起走出來了。他是要回去工作嗎？

我朝熟悉的房間邁出步伐，國王就跟在我後面。

他跟我走同樣的方向嗎？

過了一陣子，我在芙蘿拉公主的房間前停下腳步。國王也停了下來。

「呃，你為什麼要跟著我來？」

「妳要拿剛才吃過的蛋糕給芙蘿拉吧。」

「是啊。」

「那我當然也要吃了。」

當然？

不太對吧——現在說這個也太晚了，所以我不理會他，走進芙蘿拉公主的房間。

「芙蘿拉在嗎？」

「父親大人？」

芙蘿拉公主發現國王，跑了過來。國王蹲下來張開雙臂。我還以為芙蘿拉公主要抱住國王，她卻彷彿上演動畫或漫畫的情節，對國王視而不見，抱住了我。

「熊熊！」

國王慘遭無視，背影微微顫抖。然後，他開始煩惱對芙蘿拉公主伸出的手該往哪裡擺。

這種情況還是假裝沒看到比較好。

「芙蘿拉公主，我帶了蛋糕來，一起吃吧。」

「嗯！」

「那麼我來準備茶。」

看來安裘小姐也不想打擾這個狀態的國王，匆匆逃離現場。

我牽著芙蘿拉公主的手走向桌邊。

芙蘿拉公主坐定之後，我拿出新的蛋糕招待她。

「安裘小姐，可以幫我把這份轉交給賽雷夫先生嗎？下次來的時候，我想聽聽他的感想。」

「好的，我明白了。」

「另外，我也準備了安裘小姐的份，請晚點再享用吧。」

「謝謝您。」

有國王在場的時候，安裘小姐不會一起用餐，所以我先把蛋糕交給她，等國王離開之後，她就可以吃了。

「我說妳們，不要無視我啊。」

振作起來的國王走向我們，坐到椅子上。

「我也要一份。」

「父親大人，你生氣了嗎？」

「我沒有生氣。」

「雖說是被女兒無視，但你的心胸也太狹窄了吧。」

「想到是輸給熊，我當然會不甘心了。」

「既然這樣，只要你打扮成熊，芙蘿拉公主就會開心了。」

「我才不要！」

我也不想跟國王穿情侶裝，所以他如果真的打扮成熊，我就傷腦筋了。

不論如何，為了平復他的心情，我拿出蛋糕來招待國王。

「對了，今天艾蕾羅拉小姐不在嗎？」

她平常一嗅到甜頭就會跑過來。

「今天我命令士兵只聯絡我，所以她應該不知道妳有來的事。」

難怪她沒有來。

可是，要是她後來知道這件事，應該會抱怨吧。

所以，我決定請安裘小姐轉交一份蛋糕給艾蕾羅拉小姐。

後來我也問了堤莉亞的行蹤，可惜她在學校。為了避免她下次見面的時候抱怨，我也替堤莉亞準備了一份蛋糕。

312 熊熊迷路

和芙蘿拉公主玩了一陣子之後，我回到王都的熊熊屋。然後，我走到自己的房間，撲向床鋪。

接著，我仰躺在床上取出熊熊電話，想著菲娜並灌注魔力。過了一陣子，菲娜持有的熊熊電話接通了。

『優奈姊姊？』

「現在方便說話嗎？」

『嗯，修莉去幫媽媽煮飯了，爸爸也還沒有下班回家，沒問題。』

我拜託菲娜在使用熊熊電話的時候盡量待在沒有人的地方，所以我也告訴她，旁邊有人的時候可以不必勉強接電話。

『發生什麼事了嗎？』

「我要暫時出門工作，所以通知妳一聲。」

『工作？』

「國王委託了我一份工作。如果有什麼關於海邊的事，或是店裡出了什麼問題，到時候就請妳聯絡我了。」

菲娜知道熊熊傳送門的事，所以明白我的意思，答應了我。

『啊，對了，我有事要拜託優奈姊姊。』

菲娜似乎想到了什麼，透過熊熊電話這麼說道。

「拜託我？」

菲娜很少會向我要求什麼。

就算有要求，她也總是難以啟齒。

『爸爸說：「我也要一起去海邊！只有孩子們太危險了。」所以爸爸也可以一起去海邊嗎？我跟爸爸說要先取得優奈姊姊的同意，可是他好像已經打定主意要去了。』

好不容易跟提露米娜小姐結婚，成為一家人，根茲先生一個人被留在家裡的話，的確很可憐。

「只要他能向公會請假就沒問題。」

『真的嗎？優奈姊姊，謝謝妳。』

菲娜高興的聲音從熊熊電話中傳來。

而且根茲先生說得沒錯，我們之中有許多小孩，他們可能會擅自行動，做出危險的事，多幾個大人來監督會比較好。熊熊裝備再怎麼萬能，也沒辦法同時盯著所有的孩子。

「替我轉告根茲先生，我要請他幫忙照顧孤兒院的孩子們。」

『嗯，我會跟爸爸說的。』

我還想跟菲娜再聊一陣子，但她說根茲先生快要回家吃晚餐了，於是我掛斷電話。

『優奈姊姊，工作要加油喔。』

掛斷電話的我決定明天日出時出發，早早上床睡覺。

隔天早上，我被熊緩和熊急叫醒，揉著眼睛起床。

窗外的天色還很昏暗，太陽才剛要升起。需要早起的時候，熊熊鬧鐘非常有用。牠們有時候會為了叫醒我而趴到我臉上，但我很不想用那麼痛苦的方式起床。

「熊緩、熊急，早安。」

「「咿～」」

向熊緩和熊急打過招呼的我吃了早餐，然後走出熊熊屋。

我混在一早就要離開王都的人群中，從王都出發。

然後，我移動到沒有人的地方，召喚熊急。熊急高興地靠到我身邊。我平時常常先召喚熊緩，所以今天選了熊急。

「那麼熊急，拜託你了。」

我摸摸熊急的頭，然後騎到牠的背上。

出發吧，前往未知的土地——沙漠！

熊急「咿～」地叫了一聲，往南方起跑。

話說回來，沙漠究竟是什麼樣的地方呢？就跟遊戲一樣有魔物，而且非常炎熱嗎？

我突然想起，去沙漠和火山時如果沒有穿著耐熱裝備，ＨＰ就會逐漸減少。關於這一點，熊熊裝備有耐熱效果，所以不用擔心。熊熊布偶裝就算在遊戲世界也是最強的裝備，但要不要穿又是另一回事了。即使是遊戲，穿熊熊布偶裝還是很丟臉。

熊急奔馳在幹道上。

根據國王的說明，只要沿著這條路前進，進入沙漠之前會遇到一座城鎮，一般人會從這座城鎮前往迪賽特城。

因為熊熊地圖只會顯示有去過的地方，所以如果偏離道路，我就有可能迷失方向。

雖然熊熊地圖是很方便的技能，前往新地區的時候卻有點不方便。不過，自動產生地圖的功能很實用，替我減輕了不少負擔。而且，如果打從一開始就能看到全部的地圖，樂趣也會減半，所以我覺得這樣就好。前往新地區本來就是令人雀躍的事。

我不時使用探測技能，持續前進。每次遇到人的反應，我就會繞路避開，免得對方看到熊急會引起騷動。

這裡不像克里莫尼亞周圍，騎著熊緩或熊急移動會嚇到人。最近我就算在克里莫尼亞周圍騎

著熊緩或熊急，嚇到冒險者和商人的情形也漸漸變少了。有時候還會有人主動找我攀談。

當然也有人會被熊緩和熊急嚇到，但幾乎都是從其他城鎮來的人。

也對，普通人見到熊當然會逃跑了。

我在幹道上前進，又遇見了人的反應。為了避免進入對方的視野，我偏離道路，繞了一大圈。可是，每次路上有人就要避開，實在有點麻煩。

我看著眼前的道路。道路稍微往右彎曲。我往右一看，發現一座森林。只要穿越森林，是不是就能抄捷徑了呢？

馬車無法通過森林，但熊緩和熊急可以暢行無阻。我看著眼前的路和黑漆漆的地圖，試著預測。

我決定移動到森林裡，然後換乘熊緩。

「熊緩，走吧。」

「咿～」

熊緩朝森林裡起跑。

偏離道路並進入森林之後，果然沒有遇到任何人。這麼一來就可以盡情奔馳了。可是，探測技能發現了魔物的反應。無所謂，只要不被攻擊，我就會繼續前進。

走這裡沒問題吧？

我預測方向，在森林中前進。我沒花多少時間就發現這是個錯誤的決定。有句話叫做「欲速則不達」。我還以為靠熊熊地圖和熊熊探測技能就沒問題，卻完全迷路了。

我以為直線穿越森林就能回到幹道上，卻沒有看到路。

該不會是路線在途中往別的方向延伸了吧？竟然騙過了熊，真是一條不得了的路。

不論如何，今天的太陽也快下山了，所以我決定拿出熊熊屋過夜。

隔天我也騎著熊急精神飽滿地出發。

我曾考慮回頭，但還是決定先前進再說。

今天我靠著左側前進。從我走過的路線來看，我是直線前進，所以我估計往左走就能回到路上。

我當初是不是該在出發前要一張地圖呢？

國王只跟我說沿路走就會到，應該沒想到我會偏離道路，我當時也沒有打算走幹道以外的路線。

這毫無疑問是偏離道路的我不對，但現在回頭也太遲了，所以我決定繼續前進。

我穿插幾次休息，持續移動。然後，我看著地圖使用探測技能，發現魔物的反應，名稱顯示為大虎頭蜂。大虎頭蜂在原本的世界也是很危險的蜜蜂。

可是，這是魔物嗎？牠們應該很小。

我討厭蟲，但有點好奇，所以決定去看看。然後，我馬上就後悔了。

就算找到魔物，我也不該基於好奇心去看。我的眼前有蜜蜂發出嗡嗡嗡的聲音飛著，而且體型很大。大小相當於烏鴉的蜜蜂在天上飛。探測技能上雖然寫著大虎頭蜂，但這可不是我知道的大虎頭蜂。我知道的大虎頭蜂只有大拇指那麼大，絕對沒有像烏鴉那麼大。

普通的大虎頭蜂就很可怕了，竟然有這麼巨大的大虎頭蜂。

牠們的蜂巢到底有多大？

光是想像就讓我毛骨悚然。我很怕蟲類生物，如果是巨大的蟲，噁心感就會加倍。

大虎頭蜂發出「嗡～～～」的可怕振翅聲，飛在天上。

我是不是該打倒牠們呢？

可是，我實在不想跟牠們扯上關係。

我使用探測技能，發現前方有數十隻大虎頭蜂的反應。那裡有蜂巢嗎？

大虎頭蜂往深處飛去。那個方向有洞窟，好幾隻大虎頭蜂正在進進出出。蜂巢似乎就在洞窟裡面。

我看著洞窟的期間，大虎頭蜂仍然進進出出。

嗯，好噁心，還是打倒牠們吧。

蜂巢正好在洞窟裡，我以前對哥布林的洞窟用過的招式應該有效。

為了避免被大虎頭蜂發現，我偷偷做出強大的火焰熊熊，然後扔進洞窟內。接著，我用土魔法做出巨大的熊熊，封住洞口。這樣就能一網打盡了。

只剩下洞窟附近的大虎頭蜂。

……我以為是這樣。

可是，洞窟好像另有出口，無數隻大虎頭蜂飛了出來。

那邊也有洞嗎！

飛出洞窟的大虎頭蜂向我發動攻擊。

等等，數量太多了啦。振翅聲好吵，好噁心。

我在自己周圍製造龍捲風，把撲向我的大虎頭蜂捲進來。

進入龍捲風的大虎頭蜂被切斷翅膀，掉到地上。沒了翅膀的大虎頭蜂依然很噁心。

我把有大虎頭蜂飛出來的洞塞住，再用風魔法打倒飛在天上的大虎頭蜂。

可是，有幾隻大虎頭蜂往高空飛去。

啊，被牠們逃走了。

算了，漏掉幾隻應該沒關係。我用熊熊火焰和龍捲風打倒了不少大虎頭蜂。

熊急看著飛走的大虎頭蜂，發出「咿～」的可愛叫聲。

313 熊熊和大虎頭蜂戰鬥

熊急對大虎頭蜂飛走的方向鳴叫，我也轉頭看過去，卻沒發現什麼異狀。

熊急「咿～」地又叫了一聲，然後推了推我的背。

「怎麼了嗎？」

「什麼？你是要我追上去嗎？」

熊急用「咿～」的可愛叫聲回答我的問題。

該不會是大虎頭蜂飛去的方向有什麼東西吧？

我使用探測技能，發現人的反應。

「熊、熊急，既然有人就不要用那麼可愛的聲音叫，慌張一點嘛！」

我跳到熊急背上，往大虎頭蜂飛去的方向奔馳。

然後，人的叫聲傳來。

「嗚哇啊啊啊啊啊啊啊啊啊！有大虎頭蜂啊～～～～～」

看到了。

幾隻大虎頭蜂正要襲擊一個男人。男人一邊大叫，一邊亂揮手上的小刀，試圖趕跑牠們。可是，大虎頭蜂在男人周圍飛行，沒有要遠離的意思。

我對其中一隻大虎頭蜂放出風刃，把牠的身體切成兩半。男人沒有發現我的存在，繼續亂揮小刀。

我用魔法打倒剩下的大虎頭蜂，周圍就沒有其他大虎頭蜂了。

這樣就沒問題了吧。我走向嚇得跌坐在地的男人。

「你還好吧？」

「嗚啊啊啊啊啊啊啊啊啊啊！有熊啊～～～～～」

聲音的主人是個三十幾歲的男性，看起來有點懦弱。男人一看到我和熊急就嚇得大叫。而且，他雖然坐在地上，還是左右揮舞小刀，同時往後退。

「不、不要靠近我～」

這個人真吵。

「你不安靜一點，牠就吃了你喔。」

熊急配合我的聲音，靠近男人。

「嗚啊啊啊啊啊啊啊啊啊啊！不要吃我！」

「我叫你安靜一點，不然牠要吃掉你了。」

「我一點也不好吃啦！」

男人沒有看我，只是亂揮小刀。

嗯，不行。他完全沒在聽我說話。

我用魔法做出一顆水球，丟到膽小男人的頭上。

「嗚哇啊啊啊啊啊啊啊！」

「可以好好聽我說話嗎？」

「女孩子？」

男人看到我，然後開始左顧右盼。

看來他終於恢復冷靜了，可以好好看著我。

「我救了你耶，你至少應該道個謝吧。」

我看著一分為二的大虎頭蜂，男人也跟著望向掉在地上的大虎頭蜂，然後來回打量死掉的大虎頭蜂跟我。最後，他的視線停留在我身上。

「你聽得懂我在說什麼嗎？」

「……這些是妳打倒的嗎？」

「除了我也沒有別人吧。」

不過，也是因為我的關係，大虎頭蜂才會逃走，飛到這裡來。

但我確實打倒了牠們。

男人站了起來，看起來還有點膽怯。

「那隻白熊……」

他好像會怕熊急。熊急明明很可愛。

「牠是我的熊。只要你不用那把小刀攻擊牠，牠就不會對你怎麼樣。所以，叔叔你沒事吧？」

「嗯，因為突然有大虎頭蜂出現，我只是嚇了一跳。謝謝妳救了我。」

叔叔把小刀收起來，對我道謝。然後，他看著我的打扮，好像想說些什麼，卻又保持沉默。

「叔叔，你為什麼會一個人待在這種森林裡？」

「這附近有個村子，村子四周有大虎頭蜂出沒，我是為了找出牠們的蜂巢才會來到這裡的。」

他說的該不會是我燒掉的大虎頭蜂巢吧？

根據這位叔叔的說法，村民似乎意見分歧，正在猶豫是否要委託冒險者打倒大虎頭蜂。結論是如果蜂巢較小，村民就要合力清除，如果蜂巢太大，就要委託冒險者處理。就是為了這件事，這位叔叔才會來確認大虎頭蜂巢。

光是被幾隻大虎頭蜂攻擊就恐慌成那個樣子，真虧他敢一個人來找蜂巢。

我又進一步詢問，才知道村民是分頭尋找。被大虎頭蜂攻擊的叔叔真倒楣。

「要找蜂巢的話，我已經連同大虎頭蜂一起燒掉了。可是，那個時候有幾隻大虎頭蜂逃走，我追著牠們過來，就看到叔叔你被襲擊。」

「小姑娘，妳燒了大虎頭蜂的蜂巢？」

「別看我打扮成這個樣子，我好歹也是冒險者。」

叔叔重新看向我的打扮。

沒辦法，既然我穿著熊熊布偶裝，也難怪他不信。就算他不信也無所謂，總之我把自己打倒大虎頭蜂的事情告訴了他。

「這樣啊，還是謝謝妳救了我。」

這個嘛，讓大虎頭蜂逃跑的我本來就有責任。

不過，如果熊急沒有告訴我，情況或許會很危險。要是有人被我害死，我就要良心不安了。

我很感謝告訴我這件事的熊急。

「小姑娘，不好意思，能不能請妳帶我去蜂巢那裡？我想確認一下。」

我帶著叔叔去找大虎頭蜂的蜂巢。

「話說回來，我還是第一次見到妳這種打扮和白色的熊呢。」

叔叔看著走在我們旁邊的熊急。

嗯，白熊好像很少見。追根究柢來說，這個世界有白熊嗎？

我不知道這個世界的北極是什麼樣的地方，但北極或雪山說不定會有跟熊急一樣的白熊，下次去找找看也不錯。

「小姑娘，妳為什麼會出現在這種地方？難道是為了打倒大虎頭蜂才來的嗎？」

「我遇到大虎頭蜂只是巧合。我想說還是打倒牠們比較好，所以就打倒了。」

聽到我說的話，叔叔露出傻眼的表情。

「小姑娘，妳明明還小，竟然是這麼厲害的冒險者。」

「因為我會用魔法嘛。」

「那樣也很厲害啊。叔叔我很怕魔物，絕對當不成冒險者。」

我只不過是有真實的遊戲經驗罷了。剛來到這個世界的我甚至以為這裡是遊戲的世界。如果沒有那些經驗，我應該也沒辦法狩獵魔物。

「對了，我沒有在這附近見過妳，妳是從哪裡來的？」

「我是從王都來的。我本來要去南邊的沙漠，想要抄捷徑，跑進森林裡就迷路了。」

「為了抄捷徑而跑進森林？」

叔叔用傻眼的表情看著我。我知道你想說什麼啦。

一般人不會為了抄捷徑就跑進森林裡，那樣只會增加迷路的機率，也有可能遇上魔物。

要是沒有地圖的技能，我也不會做這種莽撞的事。只要看地圖就能掌握自己的位置，所以我沒想到會迷路。

「對了，我聽說沙漠前有一座城鎮，叔叔你知道嗎？」

「妳說的應該是卡路斯鎮吧。」

哦，取得城鎮的情報了。

看來這位叔叔知道沙漠前的城鎮。

「那座城鎮在哪個方向？」

「嗯～從這裡看不出來。不過，去到村子附近應該就能知道了。」

「真的嗎！」

待在森林裡，確實不好分辨自己的位置和方向。

不過，光是知道村子和城鎮的相對位置就幫了我大忙。

我總算能脫離迷路的狀態了。

「村子很近嗎？」

「離這裡不遠。」

因為叔叔說村子很近，所以我拜託他等一下替我帶路。

過了一陣子，我帶著叔叔來到大虎頭蜂的蜂巢。我用風魔法打倒的大虎頭蜂掉在地上。

「牠們真的死了……」

「大虎頭蜂的蜂巢好像就在那個洞窟裡。」

「熊？」

大虎頭蜂築巢的洞窟入口被熊熊石像封住了。

「你別在意。」

移除熊熊石像之前，我用探測技能確認洞窟內部。裡面已經沒有大虎頭蜂的反應了，洞窟裡的大虎頭蜂好像也已經被我打倒了。我移除熊熊石像後，岩石受到加熱所造成的熱風吹了出來。

是火焰熊熊的影響。

「好、好熱。」

我不覺得熱，但叔叔熱得遠離洞窟。

「小姑娘，這是怎麼回事？」

「我往洞窟裡放火魔法，再用熊熊石像堵住入口，把大虎頭蜂打倒了。如果你想進去確認，最好過一段時間後再進去。」

洞窟內還殘留著熱氣，穿著普通的衣服無法進入。除非再等一陣子，或是用水替高溫的洞窟降溫，否則無法進入。

叔叔往洞窟內窺探，然後馬上放棄。

接著，他移動到掉在地上的大虎頭蜂附近。

「小姑娘，我可以帶走一隻大虎頭蜂嗎？我想帶回村裡，讓大家看看。」

「你想帶走幾隻都可以。」

「妳不要嗎？」

大虎頭蜂可以吃嗎？

我有看過別人在電視上吃蜜蜂的樣子，但就算可以吃，我也不打算吃。

我也不需要這些素材，於是決定全部送給叔叔。

「妳是冒險者，不是會變賣素材嗎？不只是魔石，大虎頭蜂的針和翅膀應該都能賣錢。」

我瞄了一眼大虎頭蜂。

小隻的虎頭蜂就很噁心了，何況是這種巨大的虎頭蜂。就算能賣錢，我也不想要這種巨大的虎頭蜂。我在生理上無法接受。

菲娜或許可以拿牠們來練習肢解，但我不想讓菲娜肢解這種蟲子。

「我不需要，隨便你想怎麼處理吧。」

我這麼說的時候，熊急叫了一聲。與此同時，「嗡～～～～～～」的特大振翅聲傳進我們的耳裡。

「什麼？」

我望向振翅聲傳來的方向，一隻大虎頭蜂飛了過來。牠比我打倒的大虎頭蜂還要大，體型跟野狼差不多。

「啊哇哇哇哇哇哇！」

叔叔嚇得跌坐在地。我使用探測技能，名稱顯示為大虎頭蜂。這種時候不是應該顯示女王蜂或是女王大虎頭蜂嗎？

怎麼看都跟剛才打倒的大虎頭蜂不同。

「叔叔，那是什麼？」

「啊哇哇哇哇哇！」

不行，他已經嚇到腿軟了。

不管怎麼樣，為了跟剛才那些大虎頭蜂區別，我決定稱牠為女王蜂。

女王蜂看到死去的大虎頭蜂，用嘴巴發出喀嚓喀嚓的聲音，用力拍動翅膀。好噁心。

女王蜂似乎把我們視為敵人了。

314 熊熊問路

幾隻大虎頭蜂從女王蜂後方現身。

「熊急，叔叔就拜託你了！」

我把叔叔交給熊急護衛。

「小姑娘！」

「叔叔，你絕對不可以離開熊急身邊喔！」

我這麼交代叔叔，然後與眼前的女王蜂對峙。我對女王蜂和大虎頭蜂放出風刃。幾隻大虎頭蜂死在風刃之下，但女王蜂躲開了。女王蜂用屁股對準我，露出巨大的針。

被那麼巨大的針螫到就死定了。雖然我沒有針頭恐懼症，還是覺得很可怕。

女王蜂用針對準我，一口氣向下俯衝。我往旁邊避開，在擦身而過的瞬間對牠的身體使出熊熊鐵拳，一股柔軟的觸感傳遞過來，我將拳頭使勁揮下，把女王蜂打落至地面。

應該沒有造成致命傷。

跟野獸或甲殼類相比，牠們好像比較柔軟。

不過，我實在不太想觸碰牠們。最重要的是，我不想在極近的距離下看到女王蜂的臉。因為我怕蟲，而且擦身而過時看到的臉很恐怖。我絕對不想正視那張臉，真是毛骨悚然。

因為我不想拖太久，所以雖然無情，我還是決定早早解決。

倒地的女王蜂用嘴巴發出喀嚓喀嚓的聲音，高速震動翅膀，試圖飛到天上。我放出風魔法追擊，免得牠逃走，但牠的動作比較快，一口氣飛到天上。

我想著各種噁心的事，反應就慢了一拍。

我正要對飛到天上的女王蜂發動攻擊時，叫聲從後方傳來。

「啊哇哇哇哇！不要過來！」

我轉頭望去，發現有大虎頭蜂正要攻擊叔叔。可是熊急遵守我的指示，保護叔叔。

大虎頭蜂撲向叔叔，熊急看準時機，用真正的熊熊鐵拳擊落撲來的大虎頭蜂。然後，熊急對掉到地上的大虎頭蜂使出致命一擊。

哦，熊急好帥。

熊急用「這裡交給我」的表情看著我，所以我放心把叔叔交給牠，專心對付女王蜂。

我對飛在天上的女王蜂放出風刃。然而，風魔法被牠輕易躲開。牠好像跟普通蜜蜂一樣，動作很靈活。

為了避免被牠躲開，我這次連續放出風刃。這次牠躲不掉了。我還以為攻擊已經命中，風刃卻消失了。

嗯？震動或翅膀產生的風把攻擊抵銷了嗎？

那這招如何？

我放出土塊。土魔法應該沒辦法用震動或風來抵擋。不過，女王蜂轉了一圈，躲開攻擊。然後，牠再次用屁股的針瞄準我，朝我俯衝過來。

我趕緊躲開。牠明明很大隻，動作卻很快。用火魔法應該是最有效的，但在森林中用火會延燒到樹，引起大麻煩，所以不能用。

如果不能用火魔法，用其他方式打倒牠就行了。

我什麼都不做，等待對手發動攻擊。

女王蜂在我周圍飛行，再次露出屁股的針，朝我俯衝。我看準時機，在女王蜂面前做出土製熊熊。

我在校慶時也有對貴族騎士用過這一招。

女王蜂那根粗壯的針沒有刺進土製熊熊，而是應聲折斷。針被折斷的女王蜂掉到地上，用嘴巴發出喀嚓喀嚓的聲音。

嗚嗚嗚，我果然不能在極近距離下看牠的臉。

可是，現在是打倒牠的好機會，所以我對倒地的女王蜂放出風魔法之刃，把牠的頭砍斷。

我順利打倒女王蜂。

我馬上想起叔叔，轉頭望向熊急。

熊急四周的地上已經掉著好幾隻大虎頭蜂，叔叔和熊急相處得很融洽。

怎麼回事？

「妳打倒牠了嗎？」

「嗯。」

叔叔正在撫摸熊急的身體。

「小姑娘，妳真厲害。」

看著倒地的女王蜂，叔叔坦白說出感想。

話說回來，牠們真的很大，我還以為只有遊戲的世界會有這種蜜蜂型的魔物。不過，這裡是異世界就是了。

「叔叔，這隻大隻的是什麼？」

跟野狼差不多大的蜜蜂讓我感到噁心。普通尺寸也有烏鴉那麼大，我實在受不了。

「不知道，我也是第一次見到。一想到有這麼大的大虎頭蜂在村子附近出沒就冷汗直流。我真的很感謝妳，謝謝妳。」

我也是偶然碰到才會打倒牠們，順理成章罷了。

「對了，小姑娘，這隻熊的名字叫熊急嗎？」

「對啊。」

我點頭，叔叔便看著熊急。

「熊急，謝謝你保護我。」

叔叔溫柔地撫摸熊急的頭，向牠道謝。

「咿～」

熊急發出可愛的叫聲。叔叔的態度變了很多，一點也不像是不久前還那麼害怕熊急的樣子。熊急保護他不受大虎頭蜂傷害的事蹟好像讓他很感動。

「原來熊是這麼可愛的動物啊。」

「那是因為我的熊比較特別，你可不要因此就隨便接近野生的熊喔。」

要是靠近野生的熊而遭到攻擊就危險了，一個不小心或許會出人命。

「我知道，可是得知了有這種熊存在，我可能會忍不住摸摸牠們呢。」

叔叔反覆撫摸熊急的頭。

真的很危險，請不要那麼做。

叔叔不斷對熊急道謝，感謝牠保護自己不受大虎頭蜂傷害。

保護叔叔的功臣的確是熊急，但打倒其他大虎頭蜂和女王蜂的人是我耶。

雖然這樣總比叔叔害怕熊急來得好，我還是有一點不服氣。

後來，我也把女王蜂的所有權讓給了叔叔。

「全部賣掉的話應該會是一大筆錢，妳真的不要嗎？」

「我不要，也不想看到。如果叔叔你不要，我現在就想把牠們燒了。」

我甚至不想把牠們放進熊熊箱。我舉起熊熊玩偶手套，變出火焰。

「等等，我知道了。我會心懷感激地收下，妳不要燒掉牠們，太浪費了。」

我熄滅火焰。

「如果能賣錢，下次有魔物再出現時，你們就拿來當作僱用冒險者的資金吧。」

這附近的魔物或許不只有我打倒的大虎頭蜂。就算沒有錢，一般人去對付魔物還是太危險了。

我不認為村民全都像叔叔這麼不可靠，但一想到叔叔和魔物戰鬥的樣子，我就感到擔心。

那麼驚慌失措地隨便亂揮小刀是不可能打倒魔物的。

既然如此，把賣素材所得的錢拿來當作今後僱用冒險者的資金還比較好。

「謝謝妳。」

叔叔開始肢解大虎頭蜂。他好像要帶走針和翅膀，用來證明大虎頭蜂確實存在。

肢解結束後，我們朝村子出發。

「話說回來，就算親眼見到，我還是不敢相信。像妳這麼可愛的女孩竟然是冒險者，而且還能打倒大虎頭蜂，甚至馴服這樣的熊。」

叔叔看著我騎著的熊急。

「可是，妳真的不收謝禮嗎？」

「我不是為了你的村子才打倒牠們的，不用謝我。而且我有點趕時間，只要你能幫我指路就夠了。」

我迷了路，又打倒多餘的魔物，浪費了不少時間，現在我想盡量趕路。

要是因為我迷路而來不及救助迪賽特城，那就糟糕了。

走了一陣子，我們漸漸看到村子。

「那就是我的村子。另外，沿著這條路前進就會抵達一條大路。在那條路上左轉會通往王都，右轉就能抵達妳想去的卡路斯鎮了。」

原來路在這裡啊，我徹底走偏了。要是我當時繼續前進，就要跑到完全不一樣的地方了。

「如果妳以後有機會經過這村子附近，隨時都可以來拜訪。我隨時歡迎妳，當然也包括熊急。」

「咿～」

「謝謝，到時候就麻煩你了。」

熊急高興地叫著，我也答應有機會來村子附近時會順道拜訪。

我騎著熊急，奔馳在叔叔告訴我的路上。

對了，我忘記問叔叔的名字了。我也沒有自我介紹，只提到熊急的名字。

算了，如果以後要去那個村子，到時候再問就行了。

「熊急，我們要把落後的路程補回來。」

「咿～」

熊急回應我，然後加快腳步。

315 熊熊和羅莎小姐重逢

為了避免再迷路，我沿著道路前進。我在途中休息了幾次，每次都會換乘熊緩和熊急。

「熊急，謝謝你，好好休息吧。」

我感謝熊急載著我奔跑，然後召回牠。接著，我召喚熊緩。

「熊緩，拜託你了。」

我騎上熊緩前進。每前進一段路，植物的數量就愈來愈少。

好像漸漸接近沙漠了。

這裡的雨量果然很少嗎？

我在路上過了一晚，隔天的中午過後才看到城鎮。那裡應該就是替我指路的叔叔所說的卡路斯鎮吧。

聽說越過這座城鎮後再繼續前進，就會抵達位於沙漠中的迪賽特城。

我騎著熊緩，來到城鎮附近。

我不能就這麼騎著熊緩進入城鎮，所以我在沒有人煙的地方召回熊緩，步行到城鎮入口。

於是，站在入口附近的人一看到我的裝扮，馬上就用我很熟悉的異樣眼光看著我。算了，這只不過是家常便飯。

「小姑娘，妳是從哪裡來的？」

對方用非常狐疑的眼神看著我。

我該坦白說自己來自王都嗎？還是要謊稱我來自附近的村子呢？

一個打扮成熊的女孩子走過來本來就是一件很可疑的事。要是至少有馬車或馬的話，那就另當別論了。

「那個人該不會是優奈吧？」

我正陷入煩惱的時候，呼喚我的聲音傳了過來。

「啊，果然是優奈沒錯。」

一名面熟的女性高興地朝我走過來。

「羅莎小姐？妳怎麼會在這裡？」

向我搭話的女性是在密利拉鎮關照過我的羅莎小姐。一個名叫布里茨的男性冒險者帶著三個女性冒險者，羅莎小姐就是那個後宮隊伍的其中一人。

可是，現在羅莎小姐似乎是單獨行動。該不會是受夠了隊友，和他們分道揚鑣了吧？

多虧有羅莎小姐，我不必找藉口就得以進入城鎮。

我很感謝羅莎小姐。

「所以，優奈怎麼會來這裡？」

「我是來工作的。」

雖然常常忘記，但我好歹也是冒險者，總是會工作的。

真的啦……

「我才想問羅莎小姐呢，妳怎麼會在這裡？最近都沒有在克里莫尼亞看到妳。」

羅莎小姐等人從密利拉鎮來到克里莫尼亞，工作了一陣子。

所以我偶爾會看到他們，最近卻沒有看到。不過，我很少去冒險者公會露臉也是原因之一啦。

「因為布里茨說他想去各種地方看看，所以我們會一邊工作，一邊遊歷不同的土地。我們這次也是來這座城鎮工作的。」

羅莎小姐的隊伍有身為隊長的男性劍士布里茨、魔法師蘭、女性劍士格里莫絲，總共四個人。因為是一個男人配上三個女人，所以我擅自稱他們為後宮隊伍。

我不知道實際上是不是後宮，但從旁人的眼光來看完全就是後宮，所以我覺得自己沒有說錯。

「其他隊員不在嗎？」

「現在是自由時間，我們分頭行動。我在鎮上散步，就看到一個打扮成熊的女孩子出現在入口處，就在猜是不是妳。我靠近一看就發現真的是妳，然後就對妳打招呼了。」

羅莎小姐露出可愛的笑容。

為什麼這麼可愛的人會是後宮成員之一呢？真是一團謎。

果然是因為布里茨長得帥嗎？

「優奈，妳說的工作是要去迪賽特城嗎？」

「嗯，我接了一個送貨的工作。」

我一瞬間猶豫要不要說出工作內容，但那樣就必須提到委託人和運送的物品，所以我回答得很模糊。

「這樣呀，所以妳要越過那座沙漠嘍？我只能口頭上幫妳加油呢，那會非常累人喔。」

羅莎小姐開始遙望遠方。

她以前有過什麼不好的回憶嗎？

「優奈，妳今天要住在這座城鎮吧？要不要介紹我們住宿的旅館給妳？」

普通人好像會在這座城鎮做好跨越沙漠的準備，然後再前往迪賽特城。

「我還要先去冒險者公會問問要怎麼去迪賽特城呢。」

「我建議妳先訂好旅館。有很多商人會來，而且還有護衛他們的冒險者，所以每間旅館都人滿為患。妳應該不想跟別人一起睡大通鋪吧？」

嗚～我的確不想跟陌生人睡在一起。在那種地方睡覺，我根本無法安心入眠。

不過，萬一訂不到房間，我也可以在鎮外隨便找個地方放熊熊屋。但那樣也得去找設置地

點，其實挺麻煩的。

所以，我坦率接受羅莎小姐的建議，先去訂旅館的房間。

走在通往旅館的路上，我問起自己從剛才開始就很好奇的事。

「羅莎小姐，那是什麼？」

我的視線前方有很大隻的巨蜥。而且牠們像馬一樣綁著韁繩，載著人在鎮上步行。

「那是拉格魯特。」

「那種像蜥蜴的生物叫做拉格魯特嗎？」

「是呀，雖然是魔物，但很溫馴，可以騎著牠們在沙漠中移動。我第一次見到的時候也嚇了一跳。」

沙漠中確實無法騎馬，但竟然不是騎駱駝。一說到沙漠，我就會想到駱駝，但異世界似乎不同。據說人們會騎著那種長得像蜥蜴的生物在沙漠中移動。

話說回來，原來那種蜥蜴是魔物啊。

為了確認，我使用了探測技能。鎮上出現無數個魔物的反應，名稱顯示為拉格魯特。

真的是魔物耶。要是我在不知道的情況下使用探測技能，大概會慌張地心想到底發生什麼事了吧。

「不會有危險嗎？」

「我也不是很了解，但好像沒有問題。牠們基本上很溫馴，聽說人們從以前開始就會用牠們來當沙漠裡的交通工具。只不過，我也是來到這座城鎮後才知道這件事。」

騎著巨大蜥蜴在沙漠中移動，是異世界特有的交通工具呢。

我有點想坐坐看，但我已經有熊緩和熊急了，不能變心。

「話說回來，我可以感覺到視線呢。」

嗯，我也有感覺到。可是，我刻意假裝不在意。路上行人都看著我們，正確來說是看著我。

「這都是因為羅莎小姐長得漂亮。」

「呵呵，謝謝誇獎。不過，這些目光都是在看優奈吧。大家好像都對優奈的可愛熊熊裝扮很好奇呢。」

這種時候就算她坦白說是奇妙或怪異的裝扮，我也不會在意，因為我已經習慣了。

「不過，妳打扮成這樣不會熱嗎？我光是看著就覺得熱了。」

多虧熊熊布偶裝，我覺得很舒適。羅莎小姐似乎很熱，額頭上滲著汗珠，還用手不斷搧風。

「這件衣服很特別，所以不會熱。」

「真的嗎？」

「沒錯。」

我用堅定的語氣回答。

普通人大概不會相信吧。

我們在眾人的注目之下走向旅館，這時有個眼熟的女孩從前方走了過來。

「果然是優奈沒錯。」

向我們走來的人是與羅莎小姐同為後宮成員的魔法師——蘭。

她的年齡大約十八歲，是個可愛的女孩。這個女孩也是慘遭布里茨荼毒的其中一人（我瞎猜的）。

「蘭，妳怎麼會在這裡？妳不是去買東西了嗎？」

羅莎小姐這麼問蘭。

「我是去了呀，可是一個人很無聊，所以我正要回旅館，然後就看到妳們兩個人了。對了，為什麼優奈和羅莎會在一起？」

我說自己是為了工作才順路來到這座城鎮，並在入口處碰巧遇見羅莎小姐。

「我想把我們住宿的旅館介紹給優奈，正要前往旅館。」

「既然如此，我也要一起去。」

於是，蘭也加入前往旅館的行列。

「優奈的打扮還是沒變呢，不會熱嗎？」

蘭也對我說了同樣的話，於是我向她解釋剛才跟羅莎小姐說過的事。

「對了，熊緩沒有跟妳在一起嗎？」

蘭左顧右盼。

我總不能帶著熊在陌生城鎮裡到處走動吧。要是有人嚇到而發動攻擊，那就大事不妙了。

「熊緩在這裡面。」

我讓熊熊玩偶手套的嘴巴開開合合。

「這麼一說我才想起來，妳的熊是召喚獸呢。」

「嗚嗚，我好久沒有摸摸牠們了。」

蘭這麼說著，撫摸我的熊熊布偶裝。

「好軟喔。」

絕對不是我的肉軟趴趴的，只是熊熊布偶裝很柔軟而已。

不管怎麼樣，我請羅莎小姐幫我把蘭拉開。

可是，她就是不願意放手，所以我答應晚點讓她摸熊緩，她才終於放開。

熊緩，對不起。我向待在熊熊玩偶手套裡的熊緩道歉。

「呵呵，可以見到熊緩了，可以摸摸熊緩了。」

蘭一臉高興。

然後，我們抵達旅館，走進類似酒館的一樓。客人都看了過來，但我視而不見，走向櫃檯。

「哎呀，妳們兩個都回來啦？」

櫃檯的一個豐滿阿姨這麼向羅莎小姐和蘭打招呼。

「我們回來了。」

「對了，那個打扮成可愛模樣的女孩是誰呢？」

阿姨的目光落在我的身上。

「她和我們一樣是冒險者，為了工作而來到這座城鎮，我才碰巧遇到她，所以想介紹這家旅館給她。」

「這個熊女孩是冒險者？」

阿姨用難以置信的表情看著我。

這也是家常便飯了。

「她比大多數冒險者都還要強喔。」

「就算我們聯合起來，搞不好還打不贏她呢。」

「我看過很多像這個小姑娘一樣年輕的冒險者，但沒聽過有那麼強的人呢。」

聽完兩人的說法，阿姨再次露出難以置信的表情。

「這是真的。」

所有人的視線都集中到我身上，讓我漸漸感到尷尬。

再這樣下去，關於我的話題就不會結束了，於是我發動得意招式。

密技——轉移話題。

「不好意思，請問有房間嗎？」

我拜託阿姨替我準備房間，逃避大家的目光。

「啊，抱歉。單人房可以吧？」

我點頭。

順利轉移話題了。

「不好意思，現在沒有空房呢。」

「能不能通融一下呢？」

羅莎小姐代替我發問。

「嗯～這個嘛……」

「羅莎小姐，我可以再去找別的旅館。」

其他地方應該還有旅館。就算都沒有房間，我還有熊熊屋。

「不行，我們約好了。」

蘭抓住我的布偶裝，阻止我走出旅館。

對喔，我已經答應要讓她摸熊緩了。

「既然如此，優奈就住我們的房間吧。」

蘭說出驚人之語。

「蘭的房間……不是有布里茨嗎？」

我實在沒辦法接受跟男人住在同一個房間。

「沒關係，我們會把他趕出去。」

「對呀，真是個好主意。」

羅莎小姐贊成蘭的提議。

「不，那樣不太好吧？」

「呵呵，開玩笑的啦。我們本來就住不同的房間。我們要住宿的時候，這裡就只剩下三人房和單人房了。雖然後來有四人房空出來，但我們嫌麻煩，所以就一直住在原本的房間。」

「可是，妳們是住三人房吧？」

「沒關係，優奈的個子小，可以跟我們一起睡。」

「咦，不用了啦。我再去找別的旅館就好了。」

「既然如此，妳們要移動到四人房嗎？那裡還空著喔。」

「剛才不是說沒有空房嗎？」

「單人房的確已經客滿了，但四人房還有喔。」

「既然如此，我們就移動到四人房吧。那樣的話，優奈也可以接受吧？」

「呃，我也可以一個人住四人房啊。」

反正我有錢。

而且那樣比較放鬆。

「不行，如果不住同一間房，我就不能摸熊緩了。」

這才是理由嗎？

「阿姨，總之請把我們的三人房換成四人房吧，住宿費就算在我們頭上。」

羅莎小姐提出更換房間的申請。

「我也會付錢的。」

「沒關係啦，當時我們受了優奈照顧嘛。」

我也一樣受了他們照顧。

當時光靠我一個人，無法顧及被擄的人質。

羅莎小姐等人安慰從盜賊手中脫困的人質，並溫柔對待失去家人的受害者。當時的我什麼都辦不到。我原以為打倒盜賊後就結束了，後來才知道問題不只如此。

「那麼，新房間就在妳們那層樓的盡頭。把三人房空出來之後，記得歸還鑰匙喔。」

阿姨把四人房的鑰匙交給羅莎小姐。

316 熊熊詢問怎麼去迪賽特城

「優奈，我們去房間吧。」

從旅館阿姨手中接過鑰匙的羅莎小姐抓住我的熊熊玩偶手套，免得我逃走。蘭則從後面抓住我的背。

我又不會逃走，放開我啦。

可是，羅莎小姐和蘭不明白我的心情，把我強行帶往她們目前住的三人房。一走進房間，我們就見到正在保養劍的格里莫絲。

格里莫絲是個寡言的女性。以女性而言，她的身材高大，使用的武器是大型的劍。

如果說布里茨是隊長，羅莎小姐是背後的支配者，蘭是開心果的話，格里莫絲就像是在隊伍中默默扶持大家的靠山。

「格里莫絲，我們要換房間了，整理一下吧。」

羅莎小姐一進房就對格里莫絲這麼說。

我原以為她突然聽到這番話會感到困擾，但格里莫絲只說了一句「知道了」就把劍收進劍鞘，然後開始整理其他行李。

羅莎小姐和蘭也開始整理行李。

然後，大家若無其事地移動到四人房。

她們好像很熟悉這種事呢。

新房間裡有四張床以等距排列。我要睡在最深處的床上。

「優奈，妳看起來很有精神呢。」

格里莫絲一邊放下行李一邊對我這麼說道。

看來她並沒有對我視而不見。

她本來就不多話，很難猜出她在想什麼。

「格里莫絲好像也很有精神呢。」

「畢竟那是我唯一的優點。」

雖然她話不多，但久別重逢或許也讓她感到高興。她對我微笑。

「那麼優奈，差不多該叫熊緩出來了吧？」

蘭來到隔壁的床上，要求我召喚熊緩。

「抱歉，我等一下要去冒險者公會，可以等我回來再說嗎？」

「咦～～為什麼？為什麼？我們不是約好了嗎？」

我確實答應了，但可沒說是現在。

就算等到一年後也可以。

「我明天早上就要出發了，所以想問問迪賽特城要怎麼去。」

「我可以告訴妳呀，所以妳不用去了吧？」

如果蘭知道怎麼去，問她的確比較快。

最大的好處是可以迴避糾紛。我要是去冒險者公會，有很高的機率會被騷擾或是嘲笑。既然如此，現在問蘭還能避免引起不必要的糾紛。

「那麼，可以請妳告訴我嗎？」

「不過，就算要告訴妳，其實也沒有什麼好說的啦。」

「只要遵守基本原則就不會迷路了。」

羅莎小姐也來到我這裡，坐在蘭的旁邊。

說到迷路，來到這座城鎮之前就迷路了的我只能露出苦笑。

「一走到鎮外就會看到柱子，跟著柱子走就能抵達迪賽特城了。」

「柱子？」

她們突然說了奇怪的話。

「據說是以前的人在往迪賽特城的方向立起了等距的柱子，避免人們在沙漠中迷路。」

「沙漠裡沒有道路，也沒有能當作路標的東西，唯一的路標就是那些柱子。」

「所以，既然妳要去迪賽特城，只要跟著柱子走就不會迷路了。」

我感到慚愧。國王幾天前才說只要沿著路走就能確實抵達城鎮，我卻擅自走偏而迷路。

「真的要感謝那些立起柱子的人呢。因為每前進一段路就會看到柱子，所以我們才能順利抵達。」

「羅莎小姐，你們有去過迪賽特城嗎？」

「為了當護衛，有去過一次。」

「當時真的很辛苦。」

兩人遙望遠方。

「對了，優奈敢騎拉格魯特嗎？」

「拉格魯特？是指那種大蜥蜴吧？」

我想起在鎮上步行的大蜥蜴。

「嗯，大家都會騎著牠們前往迪賽特城。蘭她啊，很怕拉格魯特呢。」

「我就是不能接受那條吐個不停的長舌頭。如果優奈也要騎，就做好覺悟吧。」

看來蘭很怕爬蟲類。

那我又如何呢？雖然沒有像蟲子那麼討厭，但我比較喜歡熊緩和熊急這種毛茸茸的生物。

「我會騎著熊緩去，所以不會騎拉格魯特。」

「妳要騎著熊橫越沙漠嗎？」

「是啊。」

聽到我說的話，兩人都很驚訝。也對，熊的確不像是能在沙漠裡移動的生物。

題。

「熊緩太可憐了啦。」

「那樣太亂來了。」

「我的熊是召喚獸，沒問題的。」

她們兩個都很擔心，但我家孩子（熊）是很優秀的，不管是去雪山還是沙漠，應該都沒問題。

「真的嗎？」

「好羨慕喔，我也想要熊緩。」

蘭一臉羨慕，但我是不會讓給她的。

「所以，只要跟著那些柱子走就可以抵達迪賽特城了吧。」

「嗯，妳就算去冒險者公會問，應該也只會聽到相同的答案。」

「畢竟也沒有其他方法了。」

既然如此，問題就在於怎麼應付路上的行人了吧。如果遠處立著柱子，多少離遠一點也沒關係，應該沒問題吧？

「另外，柱子好像具有驅除魔物的效果，所以休息時最好能待在柱子附近。我們也是在公會聽說的，所以不清楚實際的效果如何，但在沙漠裡移動的人都會選在柱子附近休息或紮營。」

「不過，聽說也有人待在柱子附近還是遇到魔物，所以我們也半信半疑。」

「因為我平常為人正直，所以我們當時一次都沒有遇到魔物喔。」

不知為何，蘭驕傲地說道。

不過，對旅人而言，驅除魔物的效果應該多少會有幫助。

況且沙漠裡寸步難行，天氣又熱，我可不想在那種地方跟魔物戰鬥。

「柱子之間經常有魔物出沒，妳要小心一點喔。」

羅莎小姐和蘭的說明到此結束。前往目的地的方法比想像中還要簡單。

接下來就看熊緩和熊急能不能在沙漠裡前進了。

「謝謝妳們，幫了我大忙。」

「那麼，快點叫熊緩出來吧。」

叩叩。

蘭逼近我的時候，有人敲門了。

「大家在嗎？」

男人的聲音從門外傳來。

這個聲音聽起來有點耳熟。

「我們在～請進。」

羅莎小姐毫不猶豫地對房門大聲回答。於是房門敞開，這個隊伍的隊長——布里茨走了進來。

「我聽說妳們跟打扮成熊的女孩子一起移動到四人房了，果然是優奈沒錯。」

走進房間的布里茨看著我。

「所以，為什麼優奈會在這裡，還跟妳們住同一間房？」

「優奈說她是為了工作才來這座城鎮的。我介紹了我們住宿的旅館給她，可是單人房都客滿了，老闆娘說四人房還有，所以我們就一起搬過來了。」

「你該不會在吃醋吧？今天這裡沒有布里茨的容身之處喔。」

蘭用竊笑的表情看著布里茨。

「我才沒有吃醋，只是想知道緣由而已。不管怎樣，麗貝爾小姐叫妳們快點歸還鑰匙。」

「啊，我都忘了。」

羅莎小姐趕緊站起來。

從對話內容來推測，麗貝爾小姐應該是剛才那位阿姨的名字吧？

「而且晚餐要怎麼辦？差不多快到尖峰時段了。」

「咦？已經這麼晚了？」

外頭的天色已經開始變得昏暗。

我們似乎聊著聊著就忘了時間。

「熊緩呢？我還沒摸到牠呢。」

「蘭，先吃飯再說吧。」

「咦～～」

「格里莫絲，把蘭帶走吧。另外也拜託妳們占位子了。」

「知道了。」

格里莫絲輕鬆拎起身材嬌小的蘭。

「等一下，我自己會走啦，放開我～」

她們兩個走出房間。

「優奈，我們也走吧。」

羅莎小姐拉起我的手。

因為沒有理由拒絕，我決定跟他們一起吃飯。羅莎小姐走到一樓，把鑰匙拿去還給阿姨。我和布里茨一起走向幫忙占位子的格里莫絲。餐桌是圓的，格里莫絲和蘭已經入座了。

我開始煩惱要坐在哪裡才好。聽說後宮隊伍有地位高低之分，在隊伍中地位較高的人可以坐在男人旁邊。

所以，我不能坐在布里茨旁邊。

布里茨坐到格里莫絲旁邊。既然如此，布里茨另一邊的空位就一定是羅莎小姐的位子。

我得出結論，坐在蘭的旁邊。

「優奈，妳坐下之前是不是在想什麼奇怪的事？」

「沒有啊。」

我被布里茨讀心了。

「妳是看人來選位子的吧。」

「你想太多了。」

我別開眼神，試圖裝傻。

布里茨用懷疑的眼神看著我，這時救世女神降臨了。

「讓大家久等了，我隨意點了一些料理。」

羅莎小姐坐在我和布里茨之間的椅子上。

這個時候，一個男人走了過來。

「布里茨，你終於對小鬼頭出手了啊。」

男人看著我這麼說，誰是小鬼頭啊？

「胡說什麼，她是我的朋友。另外，我勸你最好不要開這女孩的玩笑。」

「怎麼，不是喔？我還以為你的女人又增加了，而且還是個奇裝異服的傢伙。」

一下子說我是小鬼頭，一下子說我奇裝異服，真是個失禮的男人。不過，我已經不會因為這點小事就生氣了，我比起以前成熟了不少。

「呃，優奈，他是這座城鎮的冒險者，名叫多嵐。雖然他嘴巴很壞，但會在鎮上巡邏，是個好人。」

「因為布里茨獨占三個美女，容易招人嫉妒，所以我偶爾會來看看。我一來就見到他身邊多了個打扮成熊的女孩，才會在引起麻煩之前先打聲招呼。」

「別說得那麼難聽。優奈是羅莎邀請的，跟我沒有關係。」

「從旁人的角度看來，你就像是被一群女人簇擁啦。」

也就是說，連我也被當成布里茨的後宮隊伍的其中一員了。真是失禮至極。

「布里茨說得沒錯。她只是以前跟我們一起工作過，當時幫了我們很多。」

「幫你們？是你們幫她吧？」

「普通人都會這麼想，可是你錯了，她是比我還要強的冒險者喔。」

「開玩笑的吧。」

多嵐笑著說道。

他果然不信。

「不管怎樣，我知道那個奇裝異服的孩子不是你的女人了。只不過，你千萬不要把人家帶進房間裡喔。」

「我才不會，你快滾吧！」

「知道了、知道了。」

多嵐笑著離去。

317 熊熊跟大家一起和熊熊玩耍

「呵呵，看來多嵐是擔心優奈也慘遭布里茨荼毒，所以才會來關心呢。」

「簡直是胡說八道。」

的確是胡說八道。布里茨想要妻妾成群是他的自由，但請不要把我算進去。被那種眼光看待，我可吃不消。

布里茨還用很小的聲音說他對小鬼頭沒興趣，都被我聽到了。

我很想揍他，但我已經是大人了，還是忍耐吧。

而且蘭雖然不像我這麼小，也一樣是小孩子吧。

「優奈，怎麼了？」

我看著蘭，她就疑惑地這麼問我。

「我只是想說蘭很年輕呢。」

「這個嘛，我的確是隊伍中最年輕的。」

「我記得蘭是十八歲吧？」

「對呀。」

嗯，看起來不太像是十八歲，可是我沒有說出口。

再過三年，我應該就可以超越蘭的身高，變得跟羅莎小姐差不多了。

「蘭，妳想炫耀年輕是無所謂，但很快就會超過二十歲了喔。」

「還有兩年，沒那麼快啦。」

兩個女生互瞪彼此，這時美味的料理上桌了。

對了，料理的錢呢？我這麼想，問了羅莎小姐，她就說：「我們請客，妳不用在意。」

「是啊，不必在意。反正妳這麼嬌小，也吃不了多少。如果妳的食量比我們多好幾倍就要付錢了，但妳也吃不下吧。」

「當然吃不下了。」

我很喜歡吃美食，但食量跟普通人差不多。

「那就多吃點，快快長大吧。」

布里茨這番大人對小孩說的臺詞是怎樣？

我已經長大了，身材嬌小又不是我自願的。

「要是不多吃一些，就會變成像蘭這樣的小不點喔。」

「等一下，我才不是小不點呢。」

被布里茨點名的蘭馬上否認，但從我的角度來看，蘭的確是小不點。

雖然她比我高，但應該不是我追不上的差距吧？

我十五歲，還有成長空間。相對之下，蘭的成長期差不多要結束了。

蘭站起來，作勢毆打身旁的布里茨。布里茨見狀，馬上按住蘭的頭。

「嗚～放開我～」

「不想變得跟她一樣就多吃一點，快快長大吧。」

「該不會是因為我剛才在房間開你玩笑，你才懷恨在心吧？布里茨，你這個心胸狹窄的傢伙。」

「才不是呢。」

布里茨更用力地按住取笑他的蘭的頭。

「喂，很痛耶。」

看到蘭的反應，大家都笑了。

等到蘭安分下來，布里茨才放開她。蘭氣得鼓起臉頰，但一開飯就像是忘了剛才的事，跟大家聊了起來。

「所以啊，我就教優奈怎麼去迪賽特城了。」

蘭與羅莎小姐簡單說明遇到我的經過。

「那麼，優奈明天一早就要出發了嗎？」

「因為事情有點趕。」

「其實我們也想跟妳一起去的。」

羅莎小姐的視線轉向蘭。

「可是蘭很怕拉格魯特。」

「什麼嘛，羅莎還不是怕熱。」

「因為熱成那樣嘛……」

「而且拉格魯特有點……」

兩人面面相覷，然後露出苦笑。

看來蘭怕拉格魯特，羅莎小姐怕熱。

「布里茨和格里莫絲不怕嗎？」

「不，那麼熱的天氣相當惱人。而且在那種空無一物的沙漠裡前進，真的很累。在路上不斷延柱子走實在不適合我的個性。」

「忍耐就好。」

格里莫絲面無表情地回答，但好像不太喜歡。

也對，雖然我想看看沙漠，但那也是因為有熊緩和熊急，還有熊熊裝備和熊熊屋的關係。

如果沒有這些，我絕對不會想去。

靠我的虛弱身體根本不可能橫跨沙漠，就連能不能抵達這座城鎮都很難說。雖然外表有點那個，但我真的很感謝熊熊裝備和熊緩與熊急。

「布里茨，你們為什麼會來這座城鎮？既然怕熱，去其他地方就好了吧。」

「這座城鎮有很多護衛的工作，附近也有狩獵魔物的委託。難得來到這裡，我們想一邊觀光一邊工作。」

「不過，我們也打算在幾天後離開這座城鎮。」

「我們實在沒辦法長期在這裡工作，所以預計要回王都。」

「這麼說來，你們以後要去王都工作嗎？」

聽到我這麼問，羅莎小姐搖搖頭。

「我們沒有定下特定的據點，只是以王都為中心，到處走走。」

「可以在移動時順便完成護衛工作就一石二鳥了。」

「能去各式各樣的城鎮很好玩，雖然偶爾會遇到麻煩的人。」

這一點我也同意。例如艾蕾羅拉小姐或是國王就是這樣的人。雖然艾蕾羅拉小姐是個好人，有時候卻很麻煩。同樣的人物浮現在我的腦海兩次，這一定是我多心了吧。

前往沒有去過的地方或許很好玩，但未知的事情很多，所以也伴隨著危險。例如迷路或是遇到魔物，前往未知的地區就是會發生這樣的事。

可是，羅莎小姐等人就像我所知的漫畫或小說一樣，過著理想中的冒險者生活。而且第一次遇見他們的時候，他們還熱心地扛起擊退盜賊的任務，如果是漫畫或小說作品，布里茨大概就是主角吧。標題就叫做《開不了外掛也要帶著後宮去冒險！》之類的？

喜歡後宮的人可能會買吧。

話說回來，原來羅莎小姐他們要回王都了。

「回去的時候要小心喔。」

「呵呵，謝謝妳的關心。不過，有布里茨、蘭和格里莫絲在，沒問題的。」

「就算打不贏克拉肯，我至少還能保護隊友。」

布里茨拋出帥氣的臺詞。

「那就靠你嘍。」

總覺得好像在曬恩愛。

雖然只有一點點，我好像能理解他們組成一支隊伍的理由了。布里茨的確很為大家著想。

我們在進入放閃話題之前結束晚餐，回到房間。要是吃得慢一點，我就要被迫聽他們曬恩愛了，好險。

順帶一提，房間裡並沒有布里茨。布里茨寂寞地走回單人房。

回到房間的我們用溼毛巾擦汗。

這間旅館沒有浴室，聽說外面有類似公共澡堂的地方。不過，羅莎小姐等人今天好像只打算擦澡。

幸虧有熊熊布偶裝，我幾乎沒有流汗，所以也效仿大家的做法。

感覺舒爽一點之後，我準備上床睡覺。

「明天還要早起，我要睡了。」

我走向最深處的床。

我沒有換成白熊服裝，而是穿著黑熊服裝睡覺。這裡不是熊熊屋，也不是克里莫尼亞，而是陌生的土地，我要穿著黑熊服裝以防萬一。

「等一下，熊緩呢？」

蘭跑到正想睡覺的我面前，這麼抗議。

可惜，看來她還記得。

「快點、快點，我們約好了。」

算了，反正我也要召喚熊緩來當護衛。

雖然這裡的空間足以召喚大型的熊緩，但那樣會讓房間變得很狹窄。因此，我召喚出小熊化的熊緩。

熊緩出現在床上。這個瞬間，蘭睜大眼睛，用驚訝的眼神看著熊緩。

「這、這隻可愛的小熊是怎麼回事？熊緩的小孩嗎？」

「不是啦，牠就是熊緩。」

「咦？可是牠這麼小。」

我說明熊緩可以變小的事。

蘭抱起熊緩。

「咿～」

「牠叫了耶。」

因為牠還活著，當然會叫了。

蘭抱住熊緩，倒到床上。

「毛茸茸的，好軟喔。比起拉格魯特，果然還是熊可愛。」

不，野生的熊是很危險的。

我好像幾天前才說過同樣的話。

我覺得自己似乎正在漸漸改變這個世界的人對熊的普遍認知。

我很怕以後會有人想摸野生的熊，結果遭到攻擊。但願不會發生那種事。

「蘭，我也要抱熊緩。」

「我還沒有摸夠，不行。」

羅莎小姐用羨慕的眼神看著蘭。

沒辦法了。

我從白熊玩偶手套中召喚熊急。

被召喚到床上的熊急跑到我身邊。

「什、什麼？那隻白熊是誰！」

蘭抱著熊緩，看著熊急。

「對了，我在克里莫尼亞的時候聽說優奈擁有兩隻熊的召喚獸呢。」
「真的嗎？」
「嗯，雖然我也只是碰巧聽到別的冒險者說的。」
羅莎小姐向我走來。
「那個，我可以抱牠嗎？」
「可以啊。」
我就是為此才召喚牠的。
羅莎小姐高興地抱起熊急。
「呵呵，我懂蘭的心情了，牠們真可愛。」
「我已經有熊緩了，沒關係。對吧，熊緩。」
蘭抱緊熊緩。
熊緩好像有點喘不過氣，但這點程度應該沒問題吧？
「對了，這孩子叫什麼名字？」
「牠叫做熊急。」
「熊急呀，好可愛的名字。」
羅莎小姐也抱住熊急。
我本來想早點睡的，但既然約好了也沒辦法。

「吶，優奈，既然能變小，妳也能把牠們變大吧？」

「可以啊。」

「那麼，把熊緩變大吧。」

好吧，沒關係。

「床上有點小，可以把牠放到地上嗎？」

我這麼說，蘭就把熊緩放到地上。

我把熊緩變回普通尺寸。

「好厲害，真的變大了。」

蘭撲向變大的熊緩。

房間明明沒有多大，蘭卻騎到熊緩的背上。又不是小孩子了。

「優奈，也可以把熊急變大嗎？」

羅莎小姐，妳也一樣啊。

我只好把熊急也變大。

羅莎小姐也高興地抱住熊急。

房間的密度一口氣提高了。

「蘭說得沒錯，這比拉格魯特好多了。」

「對吧。」

請不要拿我的熊緩和熊急跟蜥蜴相比。

然後，兩人繼續享受毛茸茸時光，直到滿足為止。我在途中把熊緩和熊急變回小熊，讓她們在床上抱著。

「嗚嗚，好熱。」

蘭雖然這麼說，還是繼續抱著熊緩。

因為體型大就會讓熱度加倍，所以我才把牠們變小，但這樣好像還是很熱。

不過，蘭喝了冰涼的水，繼續抱著熊緩。

羅莎小姐和格里莫絲輪流抱著熊急。

「呃，我差不多要睡了，妳們兩個好了嗎？」

明天要早起，差不多該睡了，所以我這麼拜託兩人。

「咦～～我還沒摸夠耶。」

不，已經很夠了吧。

妳到底要摸到什麼時候？

「好了，不可以說這種話，快把熊緩還給優奈吧。」

蘭很不情願，但羅莎小姐已經把熊急還給我了。熊急高興地跑到我身邊，窩在我的腿上。

看到牠這個樣子，熊緩一臉羨慕。

「妳看，熊緩也想回優奈身邊了。」

這或許是好機會，我用眼神暗示熊緩「發出寂寞的叫聲」。

於是，熊緩發出「咿～」的叫聲，好像很想回到我這裡。

「嗚嗚。」

蘭交互看著熊緩和我。

『熊緩，就差一點了。』

熊緩再度看著我，發出「咿～」的寂寞叫聲。

「嗚嗚，好可愛……好吧。可是，下次我們去克里莫尼亞的時候，要再讓我摸摸牠喔。」

蘭被熊緩的演技欺騙，不捨地把熊緩還給我。

我接過熊緩，牠便攀在我身上。

真是個出色的演員。我撫摸熊緩的頭。

「那麼，我要關燈了。」

一直保持沉默的格里莫絲觸碰牆上的魔石，房間便暗了下來。

「優奈，我們說好了喔。」

蘭的聲音從隔壁床傳來。

好吧，既然她要來克里莫尼亞，那就沒關係。

我一躺到床上，熊緩和熊急就來到我的左右兩旁，抱著我進入夢鄉。

萬一發生什麼危險的事，你們要叫醒我喔。

我抱緊睡在左右兩旁的熊緩和熊急。

「嗚嗚，真令人羨慕。」

旁邊有聲音傳來，但我充耳不聞，閉上眼睛。

318 熊熊朝迪賽特城出發

嗯～好難受。

好像有什麼東西壓著我的身體。

我緩緩睜開眼睛，發現蘭正抱著我和熊緩睡覺。

「毛茸茸……」

呃，什麼毛茸茸啊。

話說回來，為什麼蘭會在我的床上睡覺？

熊緩被我們夾在中間，睡得香甜。

我望向另一邊。我一瞬間心想會不會連羅莎小姐也在，卻只看到抱著我睡覺的熊急。

我拜託熊緩和熊急在有危險的時候叫醒我，但牠們似乎不認為蘭爬到我的床上是一件危險的事。

算了，只是過來一起睡覺的確沒有什麼危險，只會讓我睡得不太舒服而已。

可是這個世上也有喜歡女生的女生，不過蘭已經有布里茨了，應該不是那樣。有什麼萬一時，你們要好好保護我喔。我撫摸沉睡中的熊緩和熊急的頭。

不論如何，我決定逃離蘭的魔掌。我拉開蘭抓著我的手，逃離床鋪。

然後，我把平安無事的熊急放到蘭原本睡的隔壁床上。我接著想把熊緩從蘭的手中救出，她卻緊抱著熊緩不放。

我思考該怎麼辦，馬上就想到點子了。只要先召回熊緩，然後再次召喚就行了。

我召回熊緩，然後馬上再次召喚，順利從蘭的手中救出熊緩。

嗯，這樣就沒問題了。我正要躺到蘭原本睡的床上時，蘭開始說夢話了。

「嗚～～～毛茸茸……」

蘭用難過的語氣說著夢話，雙手還寂寞地到處摸索。

「嗚～～熊緩～」

她果然是在找熊緩。那雙手努力摸索熊緩的蹤影。

就算如此，我也不能把熊緩放回去。我想到一個好方法。

我從熊熊箱裡取出熊緩布偶，放在蘭觸手可及的地方。於是蘭空著的手馬上抓住熊緩布偶，嘴上說了句「毛茸茸～」之後馬上安靜下來。

嗯，好像行得通。這樣一來就皆大歡喜了。

我馬上睡起回籠覺。

到了早上，我被熊緩和熊急叫醒。

已經天亮了嗎？我明明才剛睡著啊。外頭雖然昏暗，但太陽好像已經升起了。因為今天一早就要出發，所以我決定早點起床。

我坐起上半身，望向隔壁床。蘭正抱著熊緩布偶，一個人睡得香甜。後來她好像都沒發現熊緩被掉包，獨自睡到現在。

我的另一頭睡著羅莎小姐，格里莫絲則睡在靠近門的床上。

總之，我安靜地召回熊緩和熊急，免得吵醒她們兩個人。

「優奈，妳醒了嗎？」

羅莎小姐從隔壁床上坐起身。

看來我吵醒她了。

「早安。」

「早安。不過，為什麼是優奈睡在我旁邊？」

我望向蘭所睡的床。

原本是我睡在那張床上。

「毛茸茸……」

蘭抱著熊緩布偶睡覺。

「……蘭……」

蘭的夢話讓羅莎小姐露出傻眼的表情。

我簡單說明了昨晚發生的事。

「優奈，抱歉。她只是很久沒有見到優奈和熊緩，太開心了。我們去過各式各樣的地方，所以很高興能在其他城鎮見到認識的人。況且，我們沒想到能在遠離克里莫尼亞的地方見到妳，所以就更高興了。」

這裡距離克里莫尼亞的確很遠。我有熊熊傳送門和熊緩與熊急，所以能輕易抵達，可是對其他人來說，舟車勞頓應該很辛苦。能在這麼遠的地方巧遇，的確是一件令人高興的事。

說來說去，其實我也很高興能見到羅莎小姐等人。

「所以，請妳不要生蘭的氣。」

「我沒有生氣啦。要是我生氣，早就在半夜把她打醒了。」

而且也不會拿布偶給她。

「呵呵，謝謝妳。那麼，我們把另外兩個人叫醒，一起去吃早餐吧。」

羅莎小姐叫醒格里莫絲，我叫醒蘭。

「熊緩，早安……？」

一看到熊緩布偶，蘭愣住了。

「這、這是什麼？」

「那是熊緩布偶。」

「布偶？」

蘭重新觸碰熊緩布偶。

「真的耶，是布偶。為什麼我會抱著布偶？我明明是抱著熊緩。」

「它是熊緩的替身。」

「什麼時候換的？」

蘭撫摸熊緩布偶。

「優奈，原來妳還帶著這種東西啊。」

「這種布偶很受孩子們歡迎。」

「所以，真正的熊緩呢？」

蘭抱著布偶四處張望，尋找熊緩的身影。

「我已經召回牠了。」

「怎、怎麼這樣……」

蘭很沮喪。

「還有，請不要擅自鑽進我的被窩裡。」

「因為熊緩在呼喚我嘛。」

真是破綻百出的謊言。我召喚小熊化的熊緩。

「熊緩，你有呼喚蘭嗎？」

熊緩「咿～」地叫了一聲，並且搖搖頭。

「牠否認了喔。」

「嗚嗚，熊緩……」

「第一次見面的時候我就在想了，牠們真的聽得懂人話呢。」

聽到我們的對話，羅莎小姐深感佩服地看著熊緩。

「這個嘛，因為牠們不是普通的熊啊。」

牠們是神給我的特別熊熊。

搞不好是類似神獸的生物？

我看著熊緩的臉。這麼可愛的臉實在不像是神獸。

「還有，把布偶還給我吧。」

「咦～～～～妳不是要送給我嗎？」

「不是。」

那是為了小孩子才做的布偶，不是為了送給蘭才做的。

「送給我有什麼關係嘛。」

蘭不願放開熊緩布偶。

算了，反正我有很多，送給她也沒關係。

「那就送給妳，可是妳要好好珍惜喔。」

「優奈，謝謝妳。」

蘭高興地抱緊熊緩布偶。

「蘭真幸運。」

羅莎小姐一臉羨慕地看著蘭。

「羅莎小姐也想要嗎？」

「我可以拿嗎？」

我說的話讓羅莎小姐很高興。我拿出熊急布偶，交給羅莎小姐。這樣就湊成一組了。

「原來也有熊急的呀。」

「格里莫絲要嗎？」

我姑且確認。

「我就不用了。」

我想也是～

布偶騷動結束後，我們到一樓吃早餐。

我們沒有看到布里茨的身影。他還在睡嗎？

另外三個人也都沒有要去叫他的意思，沒關係嗎？

「對了，我都忘了問，沙漠會出現什麼樣的魔物？」

玩遊戲時，事先調查也是很重要的。

有必要提早調整裝備。話雖如此，我也只有熊熊裝備。可是，事先知道有什麼樣的魔物總不

會吃虧。

「我們沒說過嗎？頂多只會看到沙漠野狼和沙漠蠕蟲吧。可是，我想大多數人都只會遇到沙漠野狼。」

沙漠野狼是野狼的同類吧，毛皮不同嗎？

而沙漠蠕蟲應該就是蠕蟲的同類吧。可是，沙漠裡有很多我以前打倒過的蠕蟲嗎？我光是想像就覺得噁心。

野狼我還可以接受，但蠕蟲太噁心了，一發現就要消滅。

可是，我是不是應該帶回去當作給菲娜的伴手禮呢？

「不過，妳最好小心沙漠蠕蟲。」

保持沉默的格里莫絲開口。

「對呀，因為沙漠蠕蟲會鑽進地底，太晚發現就會致命。不過，據說沙漠蠕蟲在沙子裡移動的時候會造成震動，只要注意這一點就沒問題了。」

我有探測技能和熊緩與熊急，應該沒問題吧？

「另外好像還有其他魔物的目擊情報，卻都僅止於傳聞的程度。」

「傳聞怎麼說？」

「抱歉，我也沒有聽說詳細情形。不過，跟著柱子走只會遇到沙漠野狼，不用擔心。」

羅莎小姐，妳知道嗎？在我們的世界，妳這就叫做立旗。

可是，也有人說旗子就是要拿來折斷的。

「反正就算優奈遇到了，應該也沒問題吧。」

「畢竟能打倒那個怪物嘛。」

她們說的是克拉肯，但刻意不說出口。

因為她們知道密利拉鎮下了封口令，所以會替我保密。

「可是，千萬不可輕忽。」

格里莫絲開口告誡樂觀的兩人。她說得對，就算有熊熊裝備，太大意也是會被反將一軍的。

「格里莫絲，謝謝妳。我會小心的。」

吃完早餐後，獲得魔物情報的我準備出發。

「那麼，代我向布里茨問好。」

結果布里茨還是沒有來。

他該不會就像昨天的冒險者說的那樣，帶著女人進房間……

正當我這麼想的時候，還沒睡醒的布里茨就來了。他在空的椅子上坐下。

「啊啊，好睏。早知道會這樣就不要喝酒了。」

「你一直喝到很晚嗎？」

羅莎小姐拿了一杯水給布里茨，這麼問道。

「是啊，多嵐叫我陪他喝酒。」

原來如此，所以布里茨才會這麼晚起啊。

「優奈，妳要走了嗎？」

「嗯。」

「我想妳應該沒問題，但還是要小心一點喔。」

「謝謝關心。如果有危險的魔物出現，我會騎著熊緩和熊急逃走的。」

如果真的遇到危機，我還可以靠熊熊傳送門緊急逃脫。

「不要讓熊緩受傷喔。」

蘭也表達關心，但這種時候應該擔心我吧。

「下次我們會去克里莫尼亞確認妳是不是還活著，到時候可不要失蹤了。」

「呵呵，布里茨的意思是下次要去克里莫尼亞找妳啦。」

「老實說不就好了。」

「閉嘴。」

布里茨捏了坐在一旁的蘭的臉頰。

「很、很痛耶。」

周圍響起笑聲。

既然也跟布里茨打完招呼了，我準備啟程。

跟羅莎小姐等人道別後，我朝城鎮的入口走去。一大早就有許多人騎著蜥蜴，他們都是正要出發的人嗎？

據羅莎小姐所說，考慮到氣溫的問題，有很多人都會選在日出前出發。

我來到城鎮大門，看見睡眼惺忪的男人正守著大門。然後，他一看見我就清醒了，瞪大眼睛盯著我看。

一般人只要把公會卡放到水晶板上就可以出去了，男人卻把我攔了下來。

「小姑娘，妳這身打扮是怎麼回事？」

「這是熊的造型。」

我坦蕩蕩地答道。

除此之外也沒有別的答案了。

「這樣啊，是熊的造型啊。」

男人上下打量我，但我不以為意，作勢要往外走。

「小姑娘，這麼一大早的，妳要去哪裡？外面很危險喔。」

也對，沒有交通工具的女孩子打扮成熊的樣子往外走，當然會被攔下來了。

我要走出的門位在往王都方向的另一側。

前方有一片沙漠，直到迪賽特城為止都沒有任何村落。

「去散步？」

我這麼說，試圖蒙混過關。

「散步？一個人？打扮成這樣？在這種時間？」

對方果然會懷疑。

我其實可以直接跑走，但對方沒有惡意，要是派出搜索隊來找我就傷腦筋了。

我正陷入兩難的時候，熟悉的聲音傳來。

「啊，果然被攔下來了。」

「不出所料。」

「………」

我望向聲音傳來的方向，看到剛才跟我道別的羅莎小姐和蘭。

兩人帶笑地看著我。

「羅莎小姐？」

「我們想起妳剛抵達時的事，覺得妳有可能會在入口被攔下來，所以就來看看情況了。」

是的，我真的被攔下來了。

「那女孩是冒險者，不必擔心。」

羅莎小姐替我向看守大門的男人說明。

「冒險者？」

男人用不敢相信的表情看著我。

「對，所以請讓她通過吧。」

「可以讓我確認一下嗎？」

我把公會卡拿給男人看。

「C級？」

男人反覆比對卡片和我。

他已經確認過了，我請他把卡片還給我。

「但前方只有沙漠，沒有拉格魯特的話……」

只能召喚熊緩了嗎？

我召喚熊緩。

「熊！」

後來，我簡單說明召喚獸的事，總算能通過了。

可是這樣一來，下次一個人回來的時候就能不被懷疑，直接進入城鎮了。

順利走出城鎮的我騎上熊緩，朝沙漠之城迪賽特出發。

「熊緩，我們走吧！」

「咿～」

熊緩邁步起跑。

熊熊勇闖異世界 12

新發表章節

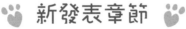

輸給熊熊的貴族

我輸給了一個小丫頭。

那是和艾蕾羅拉賭上職務的比賽。艾蕾羅拉有強大的發言權，很受國王陛下信賴。艾蕾羅拉就是最近很受矚目的克里莫尼亞領主——佛許羅賽的夫人。

從克里莫尼亞翻越高聳的山脈，就可以抵達海邊。人們必須克服艱難的路程才能翻山越嶺。因此，克里莫尼亞至今都沒有和山脈另一頭的城鎮互相交流。可是在某天，有人在山脈發現了通往海邊的隧道。

不只是海產，現在甚至能引進鹽巴。

克里莫尼亞的地位提昇了，恐怕會變得比過去還要強大。那樣一來就會使佛許羅賽家的發言權更強，增加艾蕾羅拉的存在感。

那會妨礙我宣揚只採用男性騎士的主張。

為了獲得佛許羅賽家擁有的權力，我試圖讓我的兒子與艾蕾羅拉的女兒結婚，但當然被拒絕了。

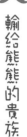

校慶將會舉辦志願成為騎士的學生與現任騎士的練習賽，其中也有想要成為騎士的女學生會參加。為了斬草除根，我把原本負責的騎士團替換成我所率領的騎士團。然後，我命令部下在比賽中徹底擊潰志願成為騎士的女學生。讓志願成為騎士的女學生感到恐懼，因此受挫就是我的目的。如果只因為這點程度的挫折就放棄，表示她們的決心也不過如此。

騎士必須是強者。

國王陛下與艾蕾羅拉來參觀校慶了，來賓之中也包括艾蕾羅拉的女兒。

我想到一個好主意。

我把志願成為騎士的女學生當作人質，威脅對方訂下婚約。

我知道那個志願成為騎士的女學生是艾蕾羅拉的女兒的朋友。這樣剛好，我就充分利用她吧。

我用看似合理的說法和艾蕾羅拉交涉。

我說如果想救那個女學生，就得接受我的條件。艾蕾羅拉的女兒自願上場戰鬥，卻被艾蕾羅拉阻止了。

艾蕾羅拉陷入兩難。只要再稍微威脅一下，女兒可能就會被我說動了。

不過，一個穿制服的小丫頭插嘴了。

「希雅，我會代替她戰鬥的。」

艾蕾羅拉的女兒旁邊的小丫頭這麼說道。

她的個子小，身體也很瘦弱。

我笑了，但她似乎是認真的。

艾蕾羅拉思考了一下，然後說出意料之外的話。

她說要用自己的職務當作賭注，而不是女兒的婚約。如果這個小丫頭在比賽中輸給騎士，她就要辭掉工作，回到克里莫尼亞。

她是笨蛋嗎？我已經止不住笑意了。

她以為這種小丫頭能勝過騎士嗎？

可是，艾蕾羅拉似乎是認真的，要我也賭上騎士團長的職務。

我考慮了一下，但這個條件對我來說非常有利。我不能在這時退出，所以接受了艾蕾羅拉的條件。然後，為了避免對方反悔，我們請國王陛下擔任見證人。這麼一來，艾蕾羅拉也不得不遵守諾言了。

事情進展得如此順利，我簡直笑得合不攏嘴。

不過，艾蕾羅拉不惜把職務賭在那個小丫頭身上，我最好謹慎一點。她或許跟普通丫頭有什麼不同之處。我決定派出隊裡最有實力的菲格來當那個小丫頭的對手。

小丫頭要求在勝過菲格之後與我戰鬥。看來這個小丫頭認為自己贏得了菲格。

我認為菲格不可能輸，所以答應了她的要求。

可是，菲格輸了。就算撇除菲格沒有使用魔法的事情不說，小丫頭依然很強。

那是什麼身手？

經過一段休息時間，她就要跟我比賽了。要是她以疲勞為由，輸了之後又找藉口，那就傷腦筋了。

「準備好了嗎，小丫頭？」

「隨時都可以開始。」

「我馬上就擊垮妳那張充滿自信的臉。」

「那麼如果我贏了，你就要讓我揍你的臉。」

她還以為自己贏得了我，真好笑。

「前提是妳贏得了我。我給妳一個忠告——妳有弱點。菲格似乎手下留情了，但我可沒有那麼寬容。」

「既然如此，只要贏過沒有手下留情的你就沒問題了吧。」

「如果妳能勝過我的話，我就認可女性騎士，讓妳跟我的兒子訂婚。」

「我才不要呢。」

小丫頭用真心感到厭惡的表情拒絕我。

竟然放過跟貴族結婚的好機會，真是個蠢丫頭。不過，她是不可能勝過我的。

比賽開始了。親身戰鬥過後就能明白，這個小丫頭真的很強。她的眼神不會逃。一般人被我瞪，通常都會退縮。她的劍法很純熟，而且很習慣戰鬥。就算我發動攻擊，她也不會害怕。看到劍在眼前互相擊打，普通人都會怕。如果沒有成功擋下，自己就會受傷。尤其女人特別害怕臉部受傷，這是女人的其中一個弱點。可是，這個小丫頭根本不害怕，勇於抵擋或是格開我的劍。我的部下之中有人能做到這個程度嗎？

就算如此，身為騎士團長的我也不能在部下和國王陛下面前輸給一個小丫頭。

從菲格的比賽就看得出來，這個小丫頭不使用魔法。她似乎不會用。只要懂得使用魔法，騎士就會用。

很抱歉，這是正式的比賽，我要使用魔法。我認可妳的劍術，但這就是我們之間的才能差距。

我使用了魔法。以時機來看，她不可能躲開。可是，小丫頭躲開了。

竟然能躲開這招？

我差點笑出聲來。

我正想繼續比賽時，小丫頭大叫「犯規」。她在說什麼啊？

看來小丫頭似乎以為這場比賽不可以使用魔法。我無法理解她為何會認為騎士不能使用魔法。

聽到艾蕾羅拉的說明，小丫頭用不服氣的表情勉強接受了。而且，她表示自己也要使用魔法。

她劍術高超，甚至還會使用魔法？

真有趣，我就見識見識妳的實力吧。

比賽重新開始。

小丫頭對我放出魔法。這個小丫頭到底有多麼超乎常理？

明明是賭上職務的比賽，我卻忍不住笑了。

繼續比賽也無妨，但我為了分出勝負，用魔法誘導小丫頭。小丫頭不知道自己正被我的魔法誘導，逐漸靠近我。

到此為止了。

我往下揮劍。小丫頭的動作慢了，來不及防禦。

小丫頭，妳表現得不錯。這場比賽很有意思。

我揮劍的瞬間，劍被彈開了。

什麼！

劍被奇形怪狀的東西彈開。

我試圖恢復平衡的時候，小ㄚ頭的劍抵住我的脖子。

我確認眼下發生的事，似乎是我的劍被小ㄚ頭變出的熊造型擺飾擋住了。

呵呵，我還以為是我在誘導她，看來中計的人是我啊。我被玩弄在小ㄚ頭的股掌之間，只能自嘲。

「是我贏了呢。還是說，你還想繼續打？」

「不，是我輸了。」

我非但沒有將艾蕾羅拉趕出王都，甚至被趕出了騎士團。國王陛下就是見證人，這件事不能當作沒發生。

雖然只是玩笑話，讓這個小ㄚ頭跟我的兒子訂婚也不壞。我記得她的名字叫做優娜吧？

小ㄚ頭靠過來說道：「啊，對了，你要讓我揍一拳。」然後揍了我。

輸給小ㄚ頭後過了幾天，我接受國王陛下的正式任命。

我辭去騎士團長的職務，成為學校的教師。

「我很期待你的表現，你就在學校培育志願成為騎士的學生吧。」

「屬下謹遵王命。」

將來我必須不分男女，在學校教育志願成為騎士的學生。

這樣一來我就不再受到男性騎士擁護派的支持，失去了在王都的勢力。不只如此，我甚至會遭到男性騎士擁護派的怨恨。

「那個女孩很強嗎？」

國王陛下用認真的表情這麼問道。

「她很強，與我具備同等的劍術、判斷力、體能、直覺，跟她戰鬥就像是對付一名身經百戰的騎士。」

「她竟能讓你讚賞到這個地步。」

「一想到自己與那個女孩同年時的成就，我就覺得過去的自己彷彿遭到否定。」

而且，小丫頭還保有餘力。

雖然聽來像是找藉口，但我也沒有拿出全力。如果認真戰鬥，周圍就會受到嚴重的波及。

不過，這並不構成落敗的理由。在有限的條件中戰鬥也是一種實力。那個小丫頭也只使用了與我相同程度的魔法。

我們使用同等的魔法，以劍術互相較量，而我輸了。

「請容我詢問一個問題。」

「什麼問題？」

「國王陛下早就知道關於那名少女的事嗎？我調查過她，學校確實有名叫優娜的女學生，但

卻是不同人。跟我戰鬥的那名少女究竟是誰呢？」

「……我不能回答你。我禁止你調查那女孩的事，這是命令。」

國王陛下筆直望著我。我回答：「屬下明白了。」

後記

我是くまなの。感謝您拿起《熊熊勇闖異世界》第十二集。

本集接續第十一集，依舊是校慶的故事。

看到封面，應該有讀者嚇了一跳，因為到了第十三本書，優奈竟然沒有穿著熊熊布偶裝了。由於有描述到優奈穿制服的故事，所以我早就決定這集的封面是穿著制服的優奈。我向出版社提議，很快便獲得正面回應。於是，我心心念念的制服版優奈終於登上封面。０２９老師描繪的制服版優奈與堤莉亞真的非常可愛。

穿著制服的優奈跟菲娜等人一起逛校慶，然後被捲入風波。

後半段是感覺到天氣變熱的優奈和菲娜等人約好一起去海邊玩的故事。可是，去海邊要準備泳衣，還要先想好孤兒院的咕咕鳥該交給誰照顧，有許多事前的準備工作。優奈正在準備前往海邊的事宜的時候，被國王陛下傳喚了。優奈趕到城堡，承接國王陛下的委託。跟大家一起去海邊玩之前，優奈的嶄新冒險要開始了，敬請期待。

最後我要感謝在出版過程中盡心盡力的各位同仁。

感謝０２９老師總是替這部作品繪製漂亮的插畫。

感謝編輯總是包容我的錯誤。另外還有參與《熊熊勇闖異世界》第十二集出版過程的諸多人士，感謝你們的幫助。

感謝閱讀本書至此的各位讀者。

那麼，衷心期待能在第十三集再次相見。

二〇一九年四月吉日　くまなの

作者／松浦
插畫／keepout
2
轉生後的我成了英雄爸爸和精靈媽媽的女兒
Kadokawa Fantastic Novels

汪汪物語～我說要當富家犬，沒說要當魔狼王啦！～ 1~3 待續

Kadokawa Fantastic Novels

作者：犬魔人　插畫：こちも

步步逼近的喪屍身上散發出魔王軍的氣息──？
今天也鬧哄哄的「芬里爾」轉生奇幻故事，第三彈！

洛塔如願以償轉世成為富家犬，一封宣告要劫走宅邸寶物的預告信，卻忽然闖入牠悠閒自在的寵物生活！然而，闖進來的卻是可愛的精靈三姊妹，她們背後似乎有什麼苦衷？最近田裡也出現了蔬菜小偷，意外地輕易抓到了犯人……其真面目竟然是骸骨馬！

各 **NT$200~220/HK$67~73**

關於我轉生變成史萊姆這檔事 1~13.5 待續

Kadokawa Fantastic Novels

作者：伏瀨　插畫：みっつばー

不斷擴大的《轉生史萊姆》世界！
超人氣魔物轉生幻想曲官方資料設定集第二彈上市！

《轉生史萊姆》官方資料設定集第二彈堂堂登場！本集詳盡解說第九集之後的故事、登場角色、世界觀等，同時收錄限定版短篇以及伏瀨老師特別撰寫的加筆短篇「紅染湖畔事變」！此外還有插畫みっつばー老師和岡霧硝老師的特別對談！書迷絕不容錯過！

各 **NT$250~320/HK$75~107**

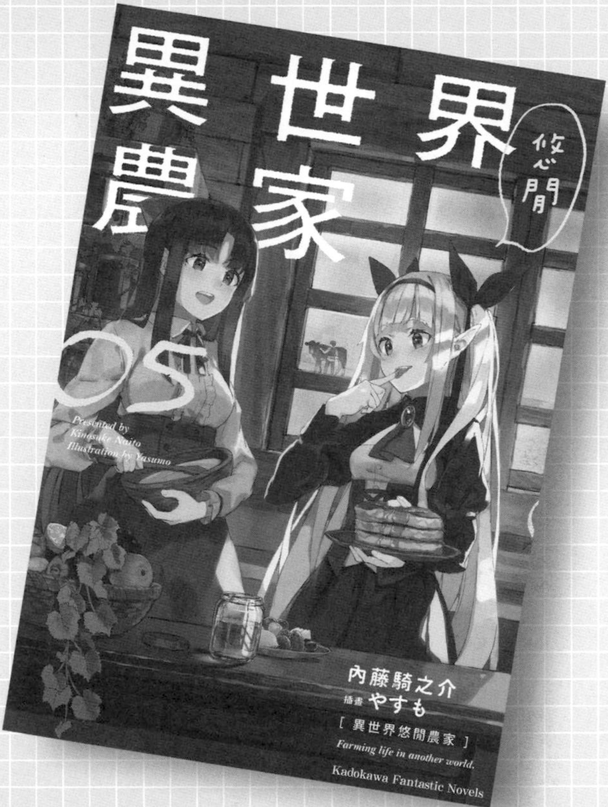

異世界悠閒農家 1~5 待續

Kadokawa Fantastic Novels

作者：內藤騎之介　插畫：やすも

天空之城突然對大樹村宣戰！
火樂與大樹村發生重大危機！

大樹村上空突然出現一座飛天城堡——「太陽城」，一名背上帶有蝙蝠翅膀的男子占領村子，並向火樂等人宣戰。火樂一如往常使用「萬能農具」解決了危機；然而，真正的危機現在才要開始！為了壓制「太陽城」，大樹村召集精銳，開始發動總攻擊！

各 **NT$280~300/HK$90~100**

國家圖書館出版品預行編目資料

熊熊勇闖異世界/くまなの作；王怡山譯. -- 初版
. -- 臺北市：臺灣角川, 2020.06-
冊；　公分. -- (Kadokawa fantastic novels)
譯自：くま クマ 熊 ベアー
ISBN 978-957-743-812-6(第10冊：平裝). --
ISBN 978-957-743-959-8(第11冊：平裝). --
ISBN 978-986-524-124-7(第12冊：平裝)

861.57　　109005090

Kadokawa Fantastic Novels

熊熊勇闖異世界 12

（原著名：くま クマ 熊 ベアー 12）

2020年12月17日　初版第1刷發行
2023年4月25日　初版第2刷發行

作　者：くまなの
插　畫：029
譯　者：王怡山

發行人：岩崎剛人
總編輯：蔡佩芬
編　輯：邱瓈萱
美術設計：黃永漢
印　務：李明修（主任）、張加恩（主任）、張凱棋

發行所：台灣角川股份有限公司
地　址：104台北市中山區松江路223號3樓
電　話：（02）2515-3000
傳　真：（02）2515-0033
網　址：www.kadokawa.com.tw
劃撥帳戶：台灣角川股份有限公司
劃撥帳號：19487412
法律顧問：有澤法律事務所
製　版：尚騰印刷事業有限公司
ISBN：978-986-524-124-7